KB061909

Пощечина общественному вкусу

대중의 취향에 따귀를 때려라

문학의 세계

Пощечина общественному вкусу

대중의 취향에 따귀를 때려라

블라디미르 마야콥스키

김성일 옮김

책세상

일러두기

1. 이 책은 마야콥스키의 작품들 중 문학사적으로 중요하게 평가받는 작품들을 선별하여 옮긴 것이다. 가급적 국내에 번역되지 않은 작품으로 선별했으며, 이미 번역되어 나온 작품들은 기존 번역을 참조했다.
2. 번역 대본으로는 모스크바 국영 예술문학 출판사가 13권으로 간행한《마야콥스키 전집Полное собрание сочинений в 13-х т.》(Москва: Государственное издательство художественной литературы, 1955～1961)과 상트페테르부르크 '아카데미 기획'이 간행한《러시아 미래주의 시Поэзия русского футуризма》(Санкт-Петербург, 1999)를 사용했다.
3. 이 책의 주에서 '옮긴이주'라는 말이 붙지 않은 것은 모두《마야콥스키 전집》에 실려 있는 편집자주를 옮긴 것이다.
4. 맞춤법과 외래어 표기는 1989년 3월 1일부터 시행된 〈한글 맞춤법 규정〉과《문교부 편수 자료》,《표준국어대사전》(국립국어연구원, 1999)을 따랐다.

제1장 시

제2장 장시

제3장 선언문

제 1 장

시

밤

주름져 반사되는 진홍빛, 흰빛
푸른 초지 위로 뿌려진 몇 줌의 옛날 금화,
이웃고 모여든 유리창들의 검은 손바닥이
돌린 불타는 노란 카드들.

대로와 광장은 평소처럼
건물에 걸린 푸른 토가 옷[1)]을 바라보았다.
가로등 불빛은 노란 상처 같은 약혼 팔찌를
지나가는 행인의 발에 채워놓았다.

군중은 민첩한 얼룩 고양이
등을 굽히고 헤엄치듯 문으로 사라졌다,
거대한 웃음 덩어리
서로 조금이나마 끌고 가려 한다.

유혹하는 옷의 손길을 느끼며,
나는 그들의 눈 속에 미소를 가득 처넣었다.
양철 드럼 소리로 사람들을 놀래며 웃고 있는 검둥이들,
이마 위에서 앵무새의 날개가 선명하게 빛났다.

(1912년)

아침

우울한 비가 곁눈질을 했다.
철제 전선처럼 정연한
생각의
격자무늬
너머에——
깃털 이불
그리고
잠 깬
별들이
살짝 이불을 밟았다.
그러나
왕관 쓴
황제의 모습을 한
길가 가스등의 사그라짐은
거리 창녀들의 흐트러진 부케를

더욱 가련한 모습으로 만든다.
불쾌한
농지거리의
쪼아대는 웃음이
노란
독기 품은 장미에서
지그재그로
피어올랐다.
소란스러운 공포
너머로
펼쳐지는 멋진 광경.
고통스럽고, 평온하고, 무심한
십자가의
노예와
매음굴의
관(棺)들을
여명의 동녘은 불타는 화병 속으로 처넣었다.

(1912년)

항구

바다는 시트처럼 배 밑에 깔려 있었다.
하얀 이빨이 물어뜯자 파도의 포말로 부서졌다.
뱃고동 소리가 울렸다——마치 사랑과 정욕이
구리 나팔 울려 퍼지듯.
선착장 요람에 안긴 조각배들은
쇠로 된 어머니 젖꼭지에 달라붙었다.
귀먹은 기선의 귀에선
닻의 귀걸이가 반짝였다.

(1912년)

거리에서 거리로

거-
리.
맹견의
얼굴은
세월보다
더 험상궂다.
철마를 지나
달리는 집들의 창문에서
튕기어 나온 최초의 입방체.
백조 목 같은 종탑은
전선의 올가미 속으로 그 목을 굽힌다!
하늘에 그려진 기린은
녹슨 머리털을 염색하려 한다.
무늬 없는 경작지의 아들,
곤들매기인 양 얼룩덜룩하다.

시계탑의 문자판에 가려진
마술사가
전차의 아가리에서
레일을 뽑아낸다.
우리는 공격당했다!
욕조.
샤워.
엘리베이터.
영혼의 코르셋은 풀어졌다.
손은 육체를 불사른다.
"난 원치 않았어!" 하고
외치거나 말거나——
고통의
지혈대는
날카롭다.
가시투성이 바람이
굴뚝에서
연기색 양모 조각을
뜯어낸다.
대머리 가로등은
음탕하게
거리의 검은 스타킹을
벗긴다.

(1913년)

그러면 당신은 할 수 있는가

나는 컵 속의 물감을 확 뿌려
일상의 화폭을 단숨에 칠해버렸다.
나는 젤리 접시에
대양의 비뚤어진 광대뼈를 보여주었다.
양철 물고기의 비늘에서
새로 생겨난 입술이 부르는 소리를 읽었다.
그러면 당신은
홈통의 플루트로
야상곡을
연주할 수 있는가?

(1913년)

간판에게

쇠로 만든 책을 읽어라!
도금한 글자의 플루트 선율에 맞춰
훈제 연어와
금발의 순무가 기어간다.

'마기' 회사의 광고판이
개처럼 즐겁게 빙빙 돌고
장의사 사무실은
석관을 부지런히 나른다.

음울하고 가련한 인간이
가로등을 꺼버릴 때
선술집의 하늘 아래서
도자기 주전자의 양귀비를 감상하라!

(1913년)

여자를 뒤쫓아

안개의 팔꿈치로 효모를 갈라놓고,
검은 병에서 백색 안료를 걸러냈다
그리고 하늘로 비스듬히 고삐를 던지자,
우중충한 회색빛이 구름 속에서 흔들거렸다.

용해된 구리 속에 주석 도금된 집들이 있다,
거리의 흔들림은 간신히 잠잠해지고,
음탕함의 붉은 덮개로 흥분된다,
연기는 뿔 모양으로 하늘을 꿰뚫었다.

얼음이 성긴 옷 속에 화산같이 뜨거운 넓적다리,
수확을 위한 가슴의 이삭은 익었다.
도둑처럼 찡그린 얼굴을 한 보도에서
무딘 화살이 샘내며 날아올랐다.

말발굽으로 하늘의 기도를 날려 보내고,
하늘에서 올가미로 신을 붙잡았다
그리고, 쥐의 미소로 쥐어뜯은 뒤,
조롱하면서 문지방 구멍을 통해 끌고 갔다.

동방(東方)은 골목에서 그 사실을 알아챘고,
하늘의 찡그린 얼굴을 좀더 높이 던졌다
그리고 검은 가방에서 태양을 잡아 찢고,
지붕의 늑골을 심술궂게 두들겼다.

(1913년)

자, 여기 있소!

한 시간 후면 이곳에서 정결한 곳으로
인간 때문에 부석부석해진 당신의 몸은 흘러갈 것이오.
그리고 나는 당신을 위해 시로 가득 찬 보석함을 열었소
나는 고귀한 말의 낭비자.

여기 있는 남자분들, 당신네 콧수염에는
어딘가에서 먹다 남긴 배춧국 조각이 붙어 있소.
여기 있는 여자분들, 짙게 화장한
당신들은 마치 사물의 껍데기에서 빠져나온 굴과 같소.

당신들 모두 신을 신거나 혹은 맨발로 더럽게
시인의 영혼이 깃든 나비를 향해 기어오르고 있소.
군중은 난폭해져 몸부림치게 되고,
머리 백 개 달린 벌레가 다리를 곤두세우리.

만약 나, 난폭한 야만인이
오늘 당신들 앞에서 인상을 찌푸리지 않는다면——그렇다면 여기서
한바탕 웃어대고 기꺼이 침을 뱉으리,
당신들의 면상에 침을 뱉으리
나는 고귀한 말의 낭비자.

(1913년)

그들은 아무것도 이해하지 못한다

이발소에 들어가 나는 조용히 말했다.
"실례합니다. 귀 좀 다듬어주십시오."
번지르르한 이발사는 곧 험악해졌고,
배(梨)처럼 놀란 표정을 짓고는
"미친놈!
광대 놈 같으니!" ——
말이 쏟아져 나오기 시작했다.
거친 욕설이 쉴 새 없이 터져 나왔고,
아주 오랫동안
누군가의 머리가 시든 무 조각처럼
군중들 속에서 삐죽 튀어나와
히죽거리고 있었다.

(1913년)

그러나 어쨌든

거리는 매독 환자의 코처럼 사라졌다.
강은 군침 흘리는 정욕.
마지막 잎사귀의 속옷까지 벗어던진
유월의 정원이 음탕하게 누워 있다.

나는 광장으로 걸어 나와,
불타버린 구역을
붉은 가발처럼 머리에 뒤집어썼다.
공포에 떠는 사람들——무심코 내뱉은 내 외침에
다리를 벌벌 떤다.

그러나 사람들은 나를 비난하지도, 욕하지도 않는다.
마치 예언자에게 하듯, 내 발밑에 꽃을 뿌린다.
코가 사라져버린 이 모든 사람들은 알고 있다.
내가 자신들의 시인임을.

당신들의 무시무시한 법정은 내겐 선술집처럼 무섭다!
창녀들이 불타는 건물을 지나, 오직 내 책만을
마치 성물처럼 두 손으로 받쳐 들고 가
신에게 자신의 변명으로 보이리라.

신 역시 내 책을 보고 울음을 터뜨리리라!
이건 말이 아니라, 뭉쳐진 경련 덩어리로군,
신은 내 시집을 겨드랑이에 끼고 하늘을 돌아다니리,
그리고 한숨지으며 그것을 친구들에게 읽어주리라.

(1914년)

엄마 그리고 독일인이 살해한 저녁

어두운 거리를 마치 관을 보듬듯,
창백한 어머니들이 불안스레 서성이고 있었다.
그녀들은 고함치는 사람들 속에서 죽은 적을 애도한다.
"아, 신문에서 눈을 떼세요, 떼!"

편지.

엄마, 좀더 크게 말해주세요!
온통
자욱한
연기뿐입니다!
엄마, 왜 나한테 머뭇거리는 거지요?
보세요——
하늘이 온통
포탄에 맞아 무너진 돌로 뒤덮여버렸어요!

어-엄-마!
만신창이가 된 저녁이 방금 저물었어요.
꽉 끼는 옷을 입은
거칠해진 거지가
갑자기
살찐 어깨를 늘어뜨리고,
바르샤바의 목 위에서
오랫동안 참았던 눈물을 하염없이 흘렸습니다.
푸른 사라사[2])로 된 손수건 속에서는 별들이
날카롭게 소리칩니다,
"죽었어,
사랑하는 이가,
내 사랑이!"
그리고 꺾쇠를 꽉 쥔 죽은 자의 손을
초승달의 눈동자가 무섭게 째려보고 있습니다.
사람들이 리투아니아 마을을 보려고 모여들었습니다,
그루터기에 입맞춤처럼 새겨져 있는,
성당의 황금빛 눈에 흐르는 눈물,
손가락 마디처럼 꺾인 코브노[3]) 거리의 모습을.
그러나 저녁은 소리칩니다,
다리병신,
팔병신이라고.
"거짓말,

난 아직 할 수 있어——
헤헤! ——
열정적인 마주르카 춤에 맞춰 박차를 울려라,
아마색 콧수염을 꼬아 올려라!"

종소리.

왜 그러세요?
엄마
관을 보듬고 있는 듯 아주 창백하네요.
"사망
통지서는
그만 잊어버리세요!
아, 신문에서
눈을 떼세요!"

(1914년)

바로 그렇게 나는 개가 되었다

우우, 이건 절대로 참을 수 없는 일이다!
그야말로 나는 온통 원한에 사로잡혔다.
화가 치밀었지만, 그러나 찡그린 당신 같지는 않다.
개같이 닳아빠진 이마를 지닌 달〔月〕의
얼굴을 하고
계속해서 울부짖었다.

아마도 예민했었나 보다……
밖으로
산책이나 좀 하러 나가야지.
그러나 거리에서도 누구 하나 나를 위로해주지 않았다.
안녕하세요! 하고 어떤 여인이 외쳤다.
대답을 해야만 한다.
아는 여인이었다.
대답하고 싶었다.

그러나 난 느꼈다——
인간처럼 할 수 없음을.

이 무슨 꼴불견이란 말인가!
내가 잠이라도 자고 있었단 말인가?
난 내 몸을 만져보았다.
예전 그대로였다,
얼굴 역시 익숙한 그대로였다.
입술을 만져보았다,
그런데 입술 밑으로——
엄니가 나 있는 게 아닌가!

나는 마치 코를 푸는 양, 즉시 얼굴을 가리고
재빨리 집으로 내달렸다.
조심스럽게 경찰 초소 옆을 지나가는데,
갑자기 귀청 찢어지는 소리가 들렸다.
"순경!
저 꼬리 좀 봐요!"

손을 뻗어보고 나는 그 자리에서 굳어버렸다!
이것에 비하면
엄니는 아무것도 아니었다,
나는 미친 듯 뛰어가면서도 이것을 알아채지 못했던 것이다.

내 재킷 밑으로
커다란 개꼬리가 풀어져
내 뒤로
질질 끌렸다.

이제 어쩐담?
군중들을 모으면서, 한 사람이 소리 지르기 시작했다.
연이어 사람들이 모여들었다.
노파 하나가 인파에 짓눌렸다.
그녀는 성호를 그으면서 악마에 관해 뭐라고 소리쳤다.

그리고 내 얼굴을 향해 수염 같은 빗자루를 곤두세우고,
거대한
성난
군중들이 달려들었을 때,
나는 네 발로 서서
짖기 시작했다.
멍! 멍! 멍!

(1915년)

권태

집에 앉아 있을 수 없었다.
안넨스키,[4] 튜체프,[5] 페트,[6]
또다시
사람들에 대한 그리움 때문에
나는 간다
영화관, 선술집, 카페로.

테이블에 앉는다.
빛.
희망이 어리석은 내 가슴을 비춘다.
만일 일주일 내로
러시아인이 변화한다면
나는 내 입술로 그의 양 볼을 불사르겠다.

조심스럽게 눈을 들어 올리고

신사복 입은 군중들을 헤치며
“뒤로,
뒤-로,
뒤로!”
공포는 가슴속에서 소리 질렀고
희망 없이 권태롭게 얼굴로 번졌다.
나는 듣지 않고
본다,
약간 오른쪽으로
지상에서도, 바닷속 깊은 곳에서도 알려지지 않은 불가해한
가장 불가사의한 존재가
송아지 다리 뜯는 일에 열중하고 있다.

보고도 알 수 없다, 그가 식사하고 있는 것인지 아닌지
보고도 알 수 없다, 그가 숨 쉬고 있는 것인지 아닌지
이 아르신[7)]이나 되는 얼굴 없는 장밋빛 반죽.
하다못해 익숙한 곳에 꼬리표라도 붙여두었다면 좋았으련만.

오직 어깨 위로 떨어지는 반들거리는 뺨의
부드러운 감미로움만 흔들거릴 뿐.
흥분한 가슴은
찢어지고 열받아
“뒤로!

또 뭐야?"

왼쪽을 보고
나는 깜짝 놀랐다.
첫 번째 사람에게로 눈을 돌리자 다른 모습이 펼쳐졌다.
좀 전에 보았던 두 번째 낯짝에 비해
첫 번째는
회생한 레오나르도 다빈치 같았다.

사람들이 없다
이해하십니까
무수한 날 동안의 고통에 찬 절규를?
영혼은 침묵한 채 떠나려 하지 않는다.
그러나 누구에게 말할 수 있을까?

나는 지상으로 몸을 던질 것이다.
아스팔트를 눈물로 물들이며, 돌의 외피로
피가 나도록 내 얼굴을 문지를 것이다.
애무로 지친 입술로
전차의 지적인 낯짝을
수천 번 입 맞추고 입 맞춰 덮어버릴 것이다.

나는 집으로 갈 것이다.

벽지에 달라붙어 꼼짝하지 않을 것이다.
장미가 더욱더 부드럽게 향기를 내뿜는 곳은 어디인가?
원한다면——
주근깨투성이
너에게
시집 《평범한 슬픔》[8]을 읽어줄까?

역사를 위하여

모두가 천국과 지옥으로 흩어지게 될 때,
이 지상은 결산될 것이다——
기억하는가,
1916년에
페트로그라드에서 아름다운 이들이 사라졌던 것을.

(1916년)

작가가 사랑하는 자기 자신에게 바치는 문장

네 시.
마치 시계 종소리처럼 무겁다
"카이사르의 것은 카이사르에게——신의 것은 신에게."[9)]
그러나 누가
나처럼,
이렇게 분주할까?
내 쉴 곳은 어디에 있나?

내가 만일
거대한 대양처럼
조그맣다면——
파도 끝에 올라서서,
밀려드는 물결처럼 달에게 응석 부렸을 텐데.
나 같은 사랑스러운 여인을
어디서 찾을까?

그녀가 들어가기엔 하늘도 너무 작지 않을까!

오, 내가 만일 억만장자처럼
가난하다면!
대체 돈이 영혼에게 무엇이란 말인가?
탐욕스러운 도둑
방종한 무리와 같은 내 욕망에는
캘리포니아의 금을 다 준대도 충분치 않으리.

내가 만일 단테[10]나
페트라르카[11]처럼
어눌하다면!
한 여인을 향해 내 영혼을 불살라
시의 잿더미로 만들었을 텐데!
나의 말과
사랑은
개선문.
모든 시대의 애인들이
화려하게
흔적도 없이 그곳을 지나가리라.

오, 내가 만일
천둥처럼

조용하다면,
울부짖으리라,
세상의 쇠락한 수도원이 전율할 만큼.
내가 만일 온 힘을 다해
큰 소리로 외친다면
혜성은 빛나는 두 손을 한데 모으고,
슬픔을 못 이겨 아래로 돌진하리라.

내가 만일
태양처럼
어슴푸레하다면
나는 내 눈빛으로 밤을 물어뜯으리라!
나는 나의 광채로
여윈 대지의 가슴을
적셔야만 하리라!

거대한 사랑을 끌고서
나는 가버리리라.
어느 아픈
몽환의 밤에
어떤 골리앗[12]에 의해 수태되었나——
그리도 크고
그리도 쓸모없는 나는?

(1916년)

우리의 행진

광장을 폭동의 발소리로 뒤흔들라!
줄지은 오만한 머리를 더 곧추세우라!
우리는 두 번째 대홍수로
세상의 도시를 씻어내리.

세월의 황소는 얼룩빼기.
시간의 짐마차는 느림보.
질주는 우리의 신.
심장은 우리의 북.

우리의 황금보다 더 매혹적인 것이 있을까?
총알이 벌처럼 우리를 쏠 수 있을까?
우리의 무기는 우리의 노래.
우리의 황금은 울림의 목소리.

초원이여, 푸름으로 펼쳐지라,
다가올 우리의 시대를 준비하라.
무지개여, 미친 듯이 질주하는
세월의 말에게 고삐를 채우라.

보시오, 별빛 찬란한 권태로운 하늘을!
하늘 없이 우리의 노래를 엮으리.
어이, 큰곰별자리여! 요구하라,
우리가 살아서 하늘까지 갈 수 있도록.

즐거움을 마시라! 노래를 부르라!
혈관 속에 봄은 넘쳐흐른다.
심장이여, 전투의 북을 울리라!
우리의 가슴은 청동의 팀파니.

(1917년)

말에 대한 우호적 관계

요란한 말발굽 소리.
마치 노래하듯,
——따그닥.
따그닥.
따그닥.
따그닥.——

바람에 흔들리고,
얼음으로 뒤덮인
거리가 미끄러졌다.
말은
엉덩방아를 찧었다,
그리고 즉시
구경꾼들이 하나둘씩,
쿠즈네츠키 거리[13)]로 나팔바지 펄럭이며,

모여들었다,
웃음소리가 울려 퍼지기 시작했다.
——말이 넘어졌다!
——말이 넘어졌어!——
쿠즈네츠키 거리가 웃고 있었다.
오직 나만이
그 웃음소리에 목소리를 섞지 않았다.
다가가서
말의 눈을 본다……

거리는 뒤집혔고,
그대로 흘러간다……
다가가서 본다——
커다란 눈물이 한두 방울
주둥이를 따라 흘러내리다,
털 속으로 사라진다……

그리고 어떤 공통적인
짐승의 슬픔이
꿈틀거리다 내게서 흘러나왔고,
사각거리는 소리에 흩어졌다.
"말아, 그럴 필요 없다.
말아, 들어봐라——

어째서 너는 네가 그들보다 못하다고 생각하니?
귀여운 망아지야,
우리는 모두 조금씩 말과 비슷하고
저마다 자기 방식대로 한 마리 말이란다."
아마도,
말이 나이가 들어
유모도 필요 없고,
또 어쩌면, 내 생각이 그에게 진부하게 여겨질지도 모른다.
다만
말은
움직이기 시작하더니
벌떡 일어나
히히힝 울고는
꼬리를 흔들며
가버렸다.
밤색 털의 어린아이는
즐겁게 외양간으로
되돌아왔다.
그리고 줄곧 생각했다——
자신은 아직 망아지이며,
삶도 노동도
가치 있는 것이라고.

(1918년)

예술 군단에 주는 명령

늙은 노인들의 군대는
한결같이 농담으로 시간을 허비한다.
동무들!
바리케이드로!——
가슴과 영혼의 바리케이드로.
퇴각하지 않고 배수진을 치는 자만이
진정한 공산주의자다.
행진은 이제 충분하다,
미래로 도약하라, 미래주의자여!
기관차를 만드는 것만으로는 충분하지 않다——
바퀴를 돌려 굴러가게 하라.
기차역에 노랫소리가 울려 퍼지지 않는다면,
전기는 대체 무엇에 쓴단 말인가?
소리에 소리를 겹겹이 쌓아
노래하고, 휘파람 불며

전진하라.

여전히 좋은 문자가 있다.

Р,

Ш,

Щ.

바지 줄 빳빳하게 세우고

열 지어 정렬하는 것만으로는 충분하지 않다.

음악가들이 행진곡을 작곡해주지 않는다면,

그 어떤 노농병(勞農兵) 소비에트 대표자라 할지라도 군대를 움직이지 못할 것이다.

피아노를 거리로 끌고 나오라,

창문 쇠갈고리로 북을 두들기라!

북과

피아노를 산산조각 내,

굉음과

뇌성이 울리게 하라.

이것은 면상이 온통 그을음투성이가 될 정도로

열심히 노동하고 난 후

쉬면서

한껏 치장한 타인을

피곤한 눈으로 태연히 바라보는 것.

하찮은 진리는 이제 충분하다.

그대 가슴에서 낡은 것을 닦아내라.

거리는 우리의 붓.
광장은 우리의 팔레트.
수천 쪽
시간의 책으로
혁명의 날들은 찬양되지 않는다.
북치는
시인
미래주의자들이여
거리로!

(1918년)

좌익의 행진

—선원들에게

행진하라!
비방은 이제 그만.
연사는 침묵하라!
그대의
말은
모제르 권총.
아담과 이브가 남긴
율법에 따라 우리는 충분히 살아왔다.
낡은 역사의 말〔馬〕을 몰아내자.
좌익이여!
좌익이여!
좌익이여!

어이, 푸른 제복의 사나이여!
나아가라!

대양을 향해!
정말로
정박해 있는 전함의
용골이 날카로울 수 있겠는가?!
영국 사자가
왕관 모양의 이빨을 드러내고
거칠게 포효할지라도.
공산주의는 정복되지 않는다.
좌익이여!
좌익이여!
좌익이여!

그곳
슬픔의 산 너머
눈부신 햇살이 활짝 펼쳐진 곳.
기아를 지나
역병의 바다를 지나
백만 번째 발걸음을 내디뎌라!
군사 지도자가 보낸
고용된 패거리가 우리를 포위할지라도——
러시아는 대독연합에 가입하지 않을 것이다.
좌익이여!
좌익이여!

좌익이여!

독수리의 눈동자가 광채를 잃겠는가?
우리가 과거를 향해 눈을 돌리겠는가?
세계의 목구멍에
프롤레타리아의 손가락을
갖다 대라!
앞을 향해 용맹스럽게 가슴을 활짝 펴라!
깃발로 하늘을 뒤덮으라!
누가 그곳에서 오른쪽으로 가겠는가?
좌익이여!
좌익이여!
좌익이여!

(1918년)

어느 여름 별장에서 블라디미르 마야콥스키에게 일어난 기이한 사건

—모스크바에서 야로슬랍스카야 철도를 따라 27킬로미터 떨어진 푸시키노에 있는 아쿨로프 산 부근 루먄체프의 별장에서

석양은 백사십 개의 태양처럼 활활 타올랐다.
여름의 절정인 칠월,
농염한 무더위가
점점 더 기승을 부리며
별장 주위를 부유하고 있었다.
푸시키노 근교의 언덕은
아쿨로프 산처럼 부풀어 올랐다,
산 밑에
자리한 마을
나무껍질로 얽어놓은 주름투성이 지붕.
마을 뒤에는
구멍이 있어
그 구멍 속으로
천천히 그리고 변함없이,

매일 해가 저물었다.
그리고 내일
또다시
세상을 붉게 물들이기 위해
태양은 떠오를 것이다.
그런데 매일
바로 이것이
나를
극도로 화나게
했다.
언젠가 모든 것이 새하얗게 질릴 정도로 무섭게
화를 내면서
나는 직접 태양에게 맞대놓고 소리 질렀다.
"그만 내려가라!
공연히 열기나 뿜어대며 돌아다니는 것도 이젠 충분하다!"
나는 태양에게 소리쳤다.
"구름 속에 파묻혀 있는 그대
기식자여!
이리 와 계절도, 세월도 잊고
앉아서 포스터나 그려라!"[14)]
나는 태양에게 소리쳤다.
"잠깐!
내 말 좀 들어봐, 이 황금 대가리야,

하는 일 없이 그렇게 빈둥거릴 바에야
차라리
나한테
차나 한 잔 마시러 와라!"
대체 내가 무슨 일을 저질렀나!
나는 이제 죽었다!
태양
스스로
제 발로
성큼성큼
대지 위
내게로 다가왔다.
나는 놀라움을 감추고
등 돌려 숨고 싶었다.
그러나 정원에는 이미 그의 눈이 반짝였고,
벌써 그곳을 지나
창으로
문으로
틈으로 들어왔다.
마치 물밀듯이
밀려 들어왔다.
한숨을 돌리고
태양은 낮은 목소리로 말하기 시작했다.

"창조 이후 처음으로
나는 내 편력의 방향을 바꾸었다.
그대가 나를 불렀나?
차와 잼을
내오게나, 시인이여!"
눈에 눈물이 맺히고
열 때문에 약간 혼미했다.
그러나 나는 그에게
사모바르[15)]를 권했다.
"자, 태양
이리 와 앉으시오!"
얼떨결에 나는 그에게 소리칠 정도로
뻔뻔해졌다.
당황한
나는 벤치 끝에 살짝 걸터앉아
사태가 더 악화되지나 않을까 걱정했다!
그러나 태양에서 선명한 광선이
흘러나오자
분별력을 잃고
점차 태양과
앉아서 대화를 나누게 되었다.
나는 이것저것 말했고,
로스타[16)]가 무엇을 물어 죽였는가에 대해

말해주었다.
태양은 말했다.
"됐어,
슬퍼하지 마,
사물을 단순하게 봐!
너는
빛을 비추는 내 일이 쉽다고
생각하지?
자, 그럼 한번 해봐!
자, 가서
전력을 다해
한번 비춰봐!"
우리는 어두워질 때까지 그렇게 수다를 떨었다,
즉 어제 저녁까지.
어떻게 어둠이 이곳에 머무를 수 있겠는가?
"너"라고 부르면서
그와 나는 서로 완전히 익숙해졌다.
그리고 그 즉시,
우정을 숨기지 않고
나는 그의 어깨를 툭툭 쳤다.
태양 역시 그렇게 했다.
"너와 나,
우리 둘은 동지야!

시인이여, 가서
보고
노래하자
비록 음울한 폐물 더미의 세계지만.
나는 태양 빛을 쏟아부을 테니
너는 너의
시를 쏟아부어라."
어둠의 벽,
밤의 감옥은
태양이 퍼붓는 총구 밑에서 분쇄되었다.
빛과 시가 뒤범벅되어
어떤 일이 있더라도 비춰라!
지치고
졸린 태양은
밤의 안식을
원했다.
갑자기 나는
전력을 다해 날을 밝혔고
또다시 하루가 힘찬 종을 울렸다.
항상 비춰라
어디든 비춰라
삶이 끝나는 그날까지,
빛을 비춘다는 것——

오직 그것뿐!
이것이 바로 나와 태양의
슬로건이다!

(1920년)

쓰레기에 대하여

영웅에게 영광, 영광, 영광을!!!

그러나
그들에게는
충분한 보상이 주어진다.
이제
쓰레기에 대해
이야기해보자.

혁명의 가슴에 일었던 파고가 잠잠해지고,
소비에트라는 혼합물은 진흙으로 살짝 뒤덮였다.
그러고는 러시아 공화국의 등 뒤에서
속물근성의
추한 얼굴이 기어 나왔다.

(내 말꼬리를 잡으려 하지 마시오.
나는 결코 소시민 계급에 반기를 드는 그런 사람이 아니오.
계급과 계층의 차이를 떠나
모든 소시민들에게
나의 찬가를 바치오.)

광활한 전 러시아의 대지에서
소비에트가 탄생한 첫날부터
그들은 모여들었고,
서둘러 깃털을 바꿔 달고는
모든 관청에 둥지를 틀었다.

오 년 동안 둥지를 틀고 앉아서 엉덩이에 굳은살이 박인,
세면대같이 단단한 사람들이
이제는
물보다 더 고요하게 살고 있다.
쾌적한 사무실과 침실이 엮여버렸다.

그리고 저녁이 되어
아무짝에도 쓸모없는 이가
술주정뱅이가 되어가는 아내를
바라보며,
사모바르의 열기에 기진맥진하며 이렇게

이야기한다.

"나쟈 동무!

축제일에 맞춰 부과되는 것——

이만 사천.

관세.

후유!

그리하여 나는

태평양을 건너온 승마바지를 걸치고 있지,

이 바지에서

산호초를

찾아보기 위해서 말이야!"

그런데 나쟈는

"나에게도 엠블럼[17)]이 있는 옷을 줘요.

낫과 망치가 없는 옷은 이 세상에 나올 수 없으니!

혁명군사 소비에트 무도회에

나는 오늘 또

어떻게

꾸미고 가야 할지 모르겠어요?!"

벽에는 마르크스의 초상이 걸려 있다.

알라의 액자.

〈이즈베스티야〉[18)] 신문 위에 누운 채로 새끼 고양이가 몸을 녹이고 있다.

그리고 천장 밑에서는

자제력을 잃은 카나리아가
울어대고 있다.

벽에 걸려 있는 마르크스는 계속해서 내려다보고 있었다……

그러다 갑자기
입을 크게 벌리고
이렇게 외치기 시작한다.
"속물근성의 끈이 혁명을 묶어버렸다.
브랑겔[19]보다 더 무서운 것은 속물근성의 생활 태도다.
차라리
공산주의가
카나리아에게 짓밟히지 않도록
카나리아의 목을 비틀어버리는 게 낫지 않겠는가!"

(1920~1921년)

예술 군단에 주는 두 번째 명령

살찐 바리톤,
당신들에게 명령한다——
아담 때부터
지금까지
로미오와 줄리엣의 아리아로
극장이라 불리는 소굴을 뒤흔드는.

화가,
당신들에게 명령한다——
말처럼 피둥피둥한 당신들은
작업실에 숨어서
옛 방식으로
꽃과 육체나 그리면서
게걸스레 처먹고, 실없이 웃기나 하는, 러시아의 아름다움.

당신들에게 명령한다——
신비한 나뭇잎으로 가린
이마에 잔주름투성이인——
압운(押韻)의 거미줄에 뒤얽혀 있는
미래주의자
이미지주의자
극치(極致)주의자.
프롤레타리아 문화 창조자,
당신들에게 명령한다——
번지르르한 머리를
헝클어뜨리고,
광나는 구두 대신 짚신 신은
당신들은 빛바랜 푸슈킨의 연미복을
헝겊으로 덕지덕지 깁는다.
당신들에게 명령한다——
선율에 맞춰 춤추고,
공공연히 배신하며,
은밀하게 죄짓는 자들,
학술원에서 배급이나 많이 타먹을 요량으로
미래를 그리고 있는 자들.
당신들에게 내가 말한다.
러시아 통신사에서 일하면서
사소한 것엔 신경조차 쓰지 않던

내가——
천재건 아니건 간에,
당신들에게 말한다——
총 개머리판으로 쫓아버리기 전에
그만들 두시오!

그만두시오!
압운과
아리아와
장미
그리고 예술의 병기고에서 가져온
온갖 잡동사니들에도
침이나 뱉고
잊어버리시오.
대체 누가 이런
"아, 이런 불쌍한 사람 같으니!
그가 얼마나 사랑했으며
얼마나 불행했는지……" 따위에 흥미를 느끼겠소?
지금 우리에게 필요한 이는
긴 머리의 설교자가 아닌
거장들이오.

들으시오!

기관차의 신음 소리가
틈새와 바닥을 뚫고 들어온다.
“돈 지방의 석탄을 달라!
철물공과 기계공을
기관고로 보내달라!”

모든 강의 수원지에서는
옆구리에 구멍 난 배들이
선창을 부유하며 소리친다.
“바쿠의 석유를 달라!”
우리가 삶의 내밀한 의미를 찾아
헛된 논쟁을 벌이는 동안,
사물들은 울부짖는다,
“우리에게 새로운 형태를 달라!”

“거장” 앞에 얼간이 무리처럼 서서
그의 입에서 나올 말을 기다릴
그런 바보는 없다.

동무들
진흙탕에서 우리 공화국을 구원해낼 수 있는
그런
새로운 예술을 창조하시오.

(1921년)

회의광

밤이 새벽으로 막 바뀔 무렵,
나는 매일 본다.
본청으로 가는 사람,
위원회로 가는 사람,
정치국으로 가는 사람,
교육부로 가는 사람,
제각기 각 기관으로 뿔뿔이 흩어진다.
건물에 들어서자마자
비 오듯 쏟아지는 서류 뭉치들.
한 오십여 개 되는 것 중에서——
가장 중요한 것 몇 개를 골라——
근무자들은 회의하러 흩어진다.

당신은 나타나서,
"나를 알현하겠다고?

시간이 되면 다시 돌아올 거야."——
"이반 바니치 동무는 테오[20)]와 구콘[21)] 협회
회의에 참석하러 가셨습니다."

수백 개 계단을 편력한다.
세상은 다정다감하지 않은 곳.
또다시,
"한 시간 후에 오십시오.
지금 지역협동조합에서 쓸
잉크 한 병을 구입하기 위해
회의 중이십니다."

한 시간이 지나 다시 가지만 이번에는,
비서도
서기도 없다——
제기랄!
이십이 세 이하 모두
공산청년동맹원 회의에 참석 중.

날이 저무는 것을 보면서 또다시
칠층 건물의 꼭대기 층으로 올라간다.
"이반 바니치 동무 오셨습니까?"——
"ㄱ부터 ㅎ까지의

위원회 회의에 참석 중이십니다."

난 화가 치밀어
마치 쏟아지는 우박처럼
회의장에 들어가
거침없이 거친 욕설을 퍼붓는다.
그리고 본다.
반 정도의 사람들만 앉아 있다.
오, 잘하는 짓이다!
도대체 나머지 반은 어디 있는 거야?
"죽여라!
죽여!" 하고
소리치며 나는 뛰어다닌다.
이 무서운 장면에서 제정신이 돌아오자,
비서의 아주 조용한 목소리가
들려왔다.
"그는 한꺼번에 두 군데 회의에 참석 중이십니다.
우리는 하루
스무 군데 정도 회의에
참석해야만 합니다.
따라서 자연히 몸이 둘로 나누어져야만 하지요.
허리까지는 이곳에 참석하고
나머지는

저곳에."

흥분 때문에 잠을 이룰 수 없다.
이른 아침.
꿈을 안고 이른 새벽을 맞는다.
"오,
모든 회의를 폐지하는 것에
관한
회의를
한 번 더 했으면!"

(1922년)

관료주의

관료주의의 증조모

대로(大路).
자동차.
오 코페이카[22]를 찔러줘라——
웬일인지 잠시 서성이다가,
기분 나쁘게 잠시 투덜댄다.
대략 이 분 정도
지나서
자동차에서 삼 코페이카짜리 초콜릿이
기어 나온다.
멍청한 놈들!
어째서 모두들 흥미롭게 쳐다보는가?!
상점에서는 더 쉽게

더 싸고도
더 좋은 것을 살 수 있는데.

과거

악마,
그의 아들
혹은 그의 형제가
모든 조치를 비웃고,
종종 거대한 관료주의 기계를 만들어,
전 러시아 공화국에 배치했다.
밤부터 사람들의 그림자는 멈춘다.
도개교(跳開橋)처럼 무거운
관공서의 문이
삐걱거리며,
쓸모없게 된 인간의 꼬리를
삼켜버린다.

문은 칸막이로 나뉘어 있지만
아직은 그들에게 비좁지 않다!
관청의 격자 바리케이드를 지나
통행권을 찢어 내버리고 통행자는 지나간다.

복도엔 인간의 강이 넘쳐흘렀다.

(첫 번째 장애물——
첫 번째 고함 소리——
"줄을 무시하고 지나간다!"
"출근부 없이 지나간다!")

——찾고 또 잘 찾으시오,
가서 문을 "찾으시오!"——
어떤 문으로 "들어가고", "나오는지"?!
또다시 한 시간이 지나 발견한다.
떨리는 손으로 "약소합니다!" 하며
서류접수대장의 아가리 속으로
루블[23] 지폐를 찔러 넣는다.
바퀴가 돌기 시작했다.
한 부인에게서 다른 부인에게로
숫자가 장식된 종잇조각이 간다.

종잇조각이 부인들에게서 여비서에게로 전달되었다.
젊은 사람에서 나이 든 사람까지 비서가 모두 여섯 명!
점심때쯤 최연장자 여비서에게 종잇조각이 도달했다.
최연장자 여비서가
흔적도 없이 사라졌다.

멍하니 기다리고 있어야 하나?
미치겠군!
관청의 행정 절차를 무시하고——홀로 헤쳐나가라!
종잇조각은 유영하며 조금씩 움직였다.
기계의 축이 게으르게 움직였다.
주머니 속으로 꽂혀 넣어졌고,
서류 가방 속으로 찔러 넣어졌으며,
선반 위에 얹어졌고,
책상 속에 넣어졌다.

그 기관 직원들의
산더미 같은 책상 아래서
위로 올려질 때를
기다렸고
그리고 또 한 차례
양복 밑
수개월간의 애무 속에서
서른세 번째 위원회의 결정을 기다린다.

종잇조각의 몸은 처음엔 뚱뚱해졌다.
그런 다음 클립-다리가 덧붙여졌다.
마침내 종이는 "업무"로 자라났고
거대한 파란 서류철 속으로 사라졌다.

책임자가 종이에 훌륭하게 끼적거렸고
종이는 책임자에게서 부책임자에게로 되돌아갔다,
부책임자가 서명하고 난 후,
또다시 종이는
거꾸로
책임자에게 서명을 받기 위해서 되돌아갔다.
종이 위에서 서명이 안 된 곳을 찾기란 거의 불가능하다,
그리고 재차
메커니즘은
아직 비어 있는
모든
구석 위에
단번에 스탬프와 도장을 사방으로 찍으면서
종이를 질질 잡아끌었다.
그리고
한 일 년쯤 지난 후
서류접수대장이 입을 벌렸다.
펜으로 끼적거리고 난 후
수백만 장의 쓸모없는 종이를
밖으로 던져버렸다.

오늘날

입을 딱 벌리고,
혀를 내민 채,
네프주의자[24)]들은 돌아다닌다.
아주 열심히
열정적으로……
그러나 그 가운데에
접근하기 어려운 보루,
소비에트 관청의 회색 성채가
우뚝 솟아 있다.
위협적으로 무기를 꺼내어 들고
종이 갑옷을 입은,
관공서 서기들이 일을 하고 있다.
문 안으로
"정원을 줄이시오!"라는
종잇조각이 간신히 밀어 넣어졌을
때,
아무런 동요와
혼란도 없이
관공서 메커니즘의 바퀴는 돌아간다.
이 사람 저 사람 모두
뇌물을 챙긴다.

종이는 앞뒤
이리저리로 왔다 갔다 한다.
다른 사람들이 다져놓은 흔적을 따라
부책임자를 지나 위원장에게로 헤엄쳐 간다.
위원장은 협의회에 안건을 상정했다.
"심의하십시오!
기구가 낡았습니다."

협의회 전체가 격렬한 논쟁을 벌였다.
일 처리를 신속하게 할 것을 결정하고,
서둘러 삼인(三人) 위원회를 선출했다.
삼인 위원회는 위원회와 하부 위원회를 나누었다.
위원회는 온갖 격무에 시달리게 되었다.
위원회는 땀을 뻘뻘 흘리며 일했다.
붉고 푸른
원과 선으로
기구표를 그렸다.
수백 명의 정원 외 정원을 늘리고 난 다음,
휴일과 토요일에도 일을 했다.
종이 다발 속에 파묻힌 채,
열을 지어 쭉 앉아서,
현란한 숫자와 계산으로
포장하고 치장했다.

쉰 목소리로
입 안 가득 거품을 물고
재차 총회에 안건을 상정한다.
모두가 현명하고 진지하게 제안했다.
"두 배 감축하시오!"
"세 배 감축하시오!"
비서는 속기했다——
이 일로 땀투성이가 되도록.
결의하고——듣고
듣고——결의하고……
밤새
타자기 위에 딱 달라붙어
타자수는 의결 사항을 계속해서 타이핑했다.
그리고……
한 주가 지나
불쑥 튀어나온 고양이들이
타이핑된 종이를 가지고 놀고 있다.

나의 결정

내 생각에
이것은

——한편으로——
흰 어린 수소에 관한 유명한 이야기다.

구체적인 제안

나는,
알려진 바대로,
관공서 서기가 아니라
시인이다.
나에게는 행정 업무 능력이 없다.
그러나 나는
어떤 간교함도 없이
관공서의 나팔을
집어
내던져야 한다고 생각한다.
그런 다음
내던져진 것 위에
조용히 앉아
한 사람을 선택해 명령하라,
"쓰시오!"
오직 그에게 요구하라,
"동무,

제발 적당히 쓰시오!"

(1922년)

기념 시

알렉세이 세르게예비치,
내 소개를 하겠습니다.
마야콥스키입니다.
여기 가슴 위에
손을 대고,
들어보십시오,
이미 심장의 고동 소리가 아닌 신음 소리를,
나는 온순하게 길든 새끼 사자가
걱정입니다.
나의
치욕스럽고 경박한 머리를
수천 톤의
무게가 짓누르고 있었다는 것을
나는 결코 알지 못했습니다.
내가 당신을 끌어당겼습니다.

물론 놀라셨겠지요?
너무 꽉 쥐었습니까?
아프세요?
미안합니다, 소중한 분이여.
나
그리고 당신 역시
영원성을 갖고 있습니다.
우리가
시간을 약간 낭비한다고 해서
무슨 문제가 되겠습니까?!
마치 물처럼——
졸졸거리며
흘러가고,
마치 봄처럼——
속박받지 않는
자유나 즐기지요!
저 멀리 하늘에
앳된
달이 떠 있습니다.
저 달을
길동무도 없이
내보낸다는 것은 위험한 일이지요.
나는

이제
사랑과
포스터에서
자유롭습니다.
날카로운 발톱을 가진
질투의 곰이
변장한 채 누워 있습니다.
지구가 경사져 있다는
사실을
확신할 수 있습니다.——
자기 엉덩이로 깔고
앉아서
움직여보라!
아니,
나는 내 우울을 타인에게 강요하지 않습니다.
그리고 어느 누구와도
대화하고 싶지 않습니다.
오직
압운의 아가미가
급히 곤두섭니다
우리처럼, 다른 이들의
시의 모래사장 위에서.
몽상은 해롭고,

몽상하는 것은 쓸모없는 짓거리,
지루한 일일지라도
해나가야만
합니다.
그러나 흔히 그렇듯
삶은
뜻밖의 국면에서 등장하며
무의미한 것을 통해
많은 것을
이해하게 됩니다.
서정시는
우리에게
무수한
공격을 당했으며
우리는 정확하고
적나라한
말을 찾고 있습니다.
그러나 시는
가장 저주받을 일입니다,
그 속에는
전혀 모르는 것이 존재합니다.
예를 들어,
여기 이것을

말해야 할지 아니면 울부짖어야 할지?

성서의 인물
네부카드네자르[25] 같이
오렌지색 턱수염에
시퍼런 얼굴을 한——
"설탕산업협동조합"[26]을.
잔 좀 주십시오!
슬픔을
포도주로 잊는
오래된 방법을
나는 알고 있지요,
그러나 보십시오——
그곳에서
여러 가지 모양의
산더미 같은 비자를 갖고
붉고 흰 별들이
떠오르는 것을.
당신과 함께 있으니 유쾌합니다,——
당신이 이 탁자에 앉아 있어
즐겁습니다.
글쎄, 뮤즈가
얼마나 솜씨 좋게
당신의 혀를

잡아당겼습니까.

대체, 당신의

올가가

어떻게 말했지요?……

아 참, 올가가 아니라,

타티야나에게 보내는 오네긴의

편지에서지요!

"소중한 이여,

당신의 남편은

멍청한 사람이며

늙은 거세마입니다.

나는 당신을 사랑하고 있습니다,

반드시 내 사람이 되어주십시오,

바로 지금

이 아침에 내가 오늘 당신을 만날 수 있으리라는

확신이 필요합니다.[27)]"

온갖 일들이 다 있었습니다.

창문 아래 서 있을 때,

편지 쓸 때의

젤리와 같은 미묘한 떨림.

그렇지만

슬픔에 잠길 수조차 없을

때——

알렉산드르 세르게이치
이것은 훨씬 더 고통스럽습니다.
자 가자, 마야콥스키!
남쪽을 보라!
압운으로
가슴을 쥐어짜내라!──
자
사랑 역시 끝장났다,
친애하는 블라딤 블라디미치.
아니야,
나이 든 것이 그 이유는 아니야!
몸을
앞으로 향하면서,
나는
만족스럽게
두 사람을 처리했고,
화나게 할 경우에는
셋까지도 처리했지요.
사람들은 말합니다──
내 주제가 개-인-적-이라고!
우리 사이에……
검열관이 나의 시를 망쳐놓지 못하도록.
당신에게 전합니다──

사람들이 말하더군요——
자기들이
사랑에 빠진
전 러시아 중앙집행위원회의
두 위원을 보았다고.
이것은
사람들이 퍼뜨린 거짓 소문입니다,
사람들은 이것을 즐기지요.
알렉산드르 세르게이치,
그들 말을 듣지 마십시오!
아마도
오직
나 혼자만이
정말로 아쉬워할지 모릅니다.
오늘
당신이 우리 살아 있는 자들 속에 있지 않다는 것을.
살아생전에
내가
당신과
의논했어야 했는데.
곧
나 역시
죽고,

침묵하게 될 겁니다.
죽은 다음
우리는
거의 같은 반열에 놓이겠지요.
당신은 "П" 문자 위에,
그리고 나는
"M" 문자 위에.
누가 우리 사이에 오게 될까요?
누구와 알고 지내야 할까요?!
우리나라는
시인이 너무도
부족합니다.
우리 사이에
——참으로 불행하게도——
나드손[28]이 끼어들었습니다.
우리는 요청합니다,
그를
어딘가
끝부분 철자로 옮길 것을!
그러나 고(故) 알레샤의 아들,
콜랴
네크라소프——
그는 카드에서도

시에서도
역시 그리
나쁘지 않은 편입니다.
그를 아십니까?
그는 정말
좋은 사나이지요.
녀석은
우리에게 좋은 동료가 될 겁니다——
남아 있게 하세요.
동시대 시인들은 어떠냐고요?!
당신에게
오십 명만 말해도,
당신의 예상은 빗나가지 않을 겁니다.
하품한다고 해서
광대뼈가
망가지지는 않습니다!
도로고이첸코,
게라시모프,
키릴로프,
로도프——[29)]
얼마나
단조로운 풍경입니까!
예세닌[30)]은

농민을 움직이는 일당입니다.

우습군!

새끼 염소 가죽 장갑을 낀

젖소 같으니.

만약 그의 시를 들어본다면……

하지만 그는 합창단원의 한 사람입니다!

발랄라이카[31] 연주가 같으니!

시인은

삶 속에서도 역시 명인이

되어야만 합니다.

우리는 강합니다,

마치 폴타바 보드카처럼.

그러면, 베지멘스키[32]는 어떠냐고요?!

말하자면……

괜찮습니다……

당근 커피 같다고나 할까요.

참,

우리에게

아세예프[33]

콜카[34]가

있지.

그는 창작 역량이 있으며

나와 같은

창작 방식을 쓰고 있습니다.

그러나 그는 정말로

얼마간 돈을 벌어야만 합니다!

몇 안 되지만

그에겐 가족이 있지요.

만약 살아 있었더라면──

레프[35]의 공동 편집자가

되었을 텐데.

나는

당신에게

선동 활동까지도 맡겼을 텐데.

말하자면,

──이것은 이렇게 하고,

저것은 저렇게 하고……

훌륭한 스타일을 갖고 있으므로

당신은

잘할 수 있었을 겁니다.

나는 당신에게

기름진 음식과

좋은 옷을 제공했을 테고,

선전용으로

백화점 여직원을

붙여주었을 겁니다.

〔심지어 나는
약강격(弱强格) 혀짤배기소리를 냈을 겁니다,
오로지
당신을
좀더 즐겁게 해주기 위해.〕
당신은 이제
불명료한 약강격을
던져버려야만 합니다.
지금
우리의 펜은
총검이자
톱니 갈퀴입니다——
혁명의 투쟁은
"폴타바" 전투[36]보다 더 완강하고,
우리의 사랑은
오네긴의 사랑보다
더 장엄합니다.
푸시킨주의자들을 조심하십시오.
완고한 플류시킨[37]이
녹슨
작은 펜을 쥐고,
끼어들 겁니다.
——이를테면,

레프들 속에도 역시
푸시킨이
등장했지요.
어이 깜둥이!
데르자빈[38]과
경쟁을 하다니……
나는 푸시킨 당신을 사랑합니다,
작품 선집 속에서
빛나는
미라가 아닌,
살아 있는 당신을.
나는
당신이
살아 있었을 때도
역시 거칠었다고
생각합니다.
아프리카인이여!
개자식 단테스[39]!
상류 사회의 망나니.
그에게 물어보고 싶습니다,
——도대체, 당신 어미, 아비는 누구요?
열일곱 살이 되기 전까지
당신은 무슨 일을 했소?——

사람들은 오직 이러한 단테스만을 보았는지도 모릅니다.
그러나,
심령술 비슷한
그런 쓸데없는 말은 이제 충분합니다!
말하자면,
명예의 노예[40]가……
총탄에 쓰러진 것입니다……
오늘날에도 역시
그런 많은 인간들이
돌아다니고 있습니다——
우리의 아내를
노리는
온갖 종류의 애호가들이.
우리 소비에트 국가는
훌륭합니다.
서로 사이좋게 살아갈 수 있으며,
일할 수도 있습니다.
오로지
애석하게도
시인은 존재하지 않습니다——
그렇지만, 어쩌면,
그것이 또한 불필요한지도 모릅니다.
자, 시간이 되었습니다,

새벽

여명이 밝았습니다.

마치

경찰이 아직

수색을 시작하지 않은 듯.

트베르스코이 대로에서

당신을 보는 일에 너무도 익숙해져 있습니다.

자, 그러면

주각(柱脚)의 자리로

당신을 올려드리지요.

이 동상은, 살아 있을 때

등급에 따라

나에게 예정되어 있었습니다.

그러나 난 다이너마이트를

설치하고자 합니다

——자,

쾅!

나는 모든 죽은 것을

증오합니다!

나는 모든 살아 있는 것을

숭배합니다!

(1924년)

타마라[41]와 악마

테레크[42]는
시인들에게
히스테리 발작을 일으켰다.
나는 테레크를 본 적이 없다.
커다란 손실이다.
비틀거리며
버스에서
내린 다음,
길가에서 테레크를 향해
침을 뱉는다.
그곳 찬사의 거품 속으로
몽둥이를
처넣었다.
대체 무엇이 훌륭하단 말인가?
혼란 그 자체일 뿐이다!

마치 경찰서에 갇힌 예세닌과 같이
소란스럽다.
마치
루나차르스키[43]가
보르좀[44]으로 지나가는 길에
테레크를
조성한 것처럼.
나는 내 오만한 코를
비틀어 뽑아버리고 싶다.
그러나 나는 점점 더 무심해지고 있음을
느꼈고,
물거품이
만든 최면의
장난에
사로잡힘을
느꼈다.
이 망루는
연발 권총처럼
하늘의 관자놀이를 겨냥하고 있었고,
때 묻지 않은 아름다움이
풍겨 나왔다.
가서,
그 망루를

예술 위원장——
표트르 세메니치
코간[45]에게 복종시켜라.
그곳에 서면,
나는 적의에 사로잡히게 된다.
나는
내 그런 무능함으로
이러한
황량함과 등단(登壇)을
명성과
평가,
논쟁으로
바꾸었다.
내가 기타의 현을
뜯어내버리고,
또 값싼 원고료 때문이 아니라
자유롭게
목청껏
외칠 수 있는
곳은
잡지 《붉은 처녀지》[46]가 아닌,
바로 이곳이다.
나는 내 목소리를 알고 있다.

음조는 불쾌하지만,
격렬한 힘으로 인해
무섭다는 것을.
나를 목격한 사람은
의심하지 않을 것이다,
내가
타마라를 통해 듣고자 한다는
사실을.
여왕은 흥분되더라도
참고,
위엄 있게
조그마한 손가락을 움직인다.
그러나 나는 즉시
그녀에게 소리친다.
——나는 아무 상관 없소,
당신이 여왕이든
혹은 세탁부든!
그런데
노래 부르고
얼마나 받소?!
세탁비는
칠 코페이카 하오.
그리고 산더미 같은 양 때문에

쉴 틈도 없다오.
——물을 달라고요?
가서,
마시시오!——
여왕은 화가 나,
단검을 손에 쥐고
총 맞은
염소처럼 날뛰었다.
그러나 나는 그녀를
내 방식대로
이해시킨다——
손짓을 해가며……
정중하게……
——부인!
어째서 기관차처럼
노하시오?
우리는
둘 다 동일한 서정적 세계에서 왔소.
나는 오래전부터 당신을 알고 있었소,
레르몬토프라는 사람이
당신에 대해 많은 것을
나에게
말해주었다오.[47)]

그는 주장했소,

정열 때문에

당신에게는 평안이 없다고……

나에게 당신의 이미지는

그렇게 각인되었소.

나는 오랫동안 사랑을 갈구했소,

내 나이 서른.

우리 서로 사랑합시다.

솔직하게

그리고

바위가 솜털처럼 가벼이

펼쳐질 수 있을 정도로.

악마와 신에게

나는 당신을 숨길 것이오!

도대체 당신에게 악마가 무엇이란 말이오?

환상이고

환영일 뿐이오!

게다가 약간 오래된

신화요.

나를 심연 속으로 내버리지 마시오,

제발.

그것이 가져다줄

고통을 내가 두려워한다고요?

나는

심지어

신사복이 닳아빠지는 것조차 개의치 않는데,

하물며

이까짓 가슴과 옆구리쯤이야.

이곳에서

정확히

타격을 가한다면——

테레크 쪽으로

죽은 듯이 뻗을 것이오.

모스크바에서

쫓겨나는 것은 더욱 고통스러운 일이오……

어디로 가야 한단 말인가!

계단의

단수를 세어보시오.

나는 끝마쳤소,

이제 내 알 바 아니오.

이렇게 정정하는 것 때문에 난폭해진

파스테르나크 자신이

이것에 관해

쓰도록 내버려두시오.[48)]

반면 우리는……

동의하시오, 타마라!——

이야기는 계속되겠지만,
이미 책을 위한 것은 아니오.
나는 겸손한 사람이라
이야기를
여기서 그치겠소.
악마 자신이 내려와
몰래 엿듣고는,
낙심하여
공연히
악취만 풍기다
사라졌소.
시대를 경멸하던
레르몬토프가 우리에게로 왔소.
그가 우리를 비추고 있소——
"행복한 한 쌍이여!"
나는 손님을 좋아하오.
자, 포도주 한 병 가져오시오!
타마라, 경기병에게 한 잔 가득 따르시오!

(1924년)

도시

파리는 한편으로
법률가와 병영의 도시지만,
다른 한편으로는
병영과 에리오[49]가 없는 도시다.
후자의 모습에서
눈을
떼지 마라——
이 회색의 도시에서.
벽에는 다음과 같이 씌어 있다,
"코토의 유리잔이
에너지를 준다."
누가
어떤
사랑의 포도주로
나의 삶을 흥분시킬 것인가?

어쩌면,
비평가들이
더 잘 알지도 모른다.
아마도,
그들의 말을
귀담아 들어야 할지도 모른다.
그렇지만, 제기랄 내가 누구 길동무냐!
단 하나의 영혼도
내 곁을
지나치지 않는다.
예전처럼,
시인의 마차
앞에서
자기
등을 흔들며 걸어가라——
기쁨도
슬픔도
그리고 그 밖의
인간사 일용품을
홀로
짊어지고 가라.
이곳에서
나 홀로

앞서 나가자니

적적하다,——

시인에게

많은 것이 필요하지는 않다,——

오직

시간이

나처럼

그렇게 빠른 발을 가진 사람을

빨리 태어나게끔

하라.

우리는 나란히

꽃가루 날리는 길을

걸어갈 것이다.

한 가지

욕망이

솟구친다,

지루하다——

얼굴을

보고 싶다,

대체 나는

누구의

동반자[50)]란 말인가?!

"나는 낙타다"라는,

문구가
포스터에 적혀 있다,
글자 하나하나의 크기가 일 피트씩이나 되었다.
정말 그렇다.
"je suis",——
이것은
"나는 ~이다"를 의미하며,
"chameau"는
"낙타"라는 뜻이다.
연보랏빛 먹구름이
순식간에
나와
파리의 길들을 뒤덮었다,
쭉 뻗은
샹젤리제 거리의
불빛이
오로지 빨리
피어나게끔 하기 위해.
온통 환하게 불을 밝혀라——
어두운 하늘에도
비로 축축해진 검은 먼지에도.
불빛 속에서
풍뎅이 같은

온갖 종류의
자동차가
웅웅거린다.
물이 끓고,
대지가 타오른다,
아스팔트는
작열할 정도로
달구어진다,
마치
가로등이
무턱대고
구구단을 외우듯.
광장은
그 어떤 수천 명의
삽살개 같은 부인들보다
더 아름답다.
이 광장 때문에
도시 전체가
존재 가치를 지니게 되는지도 모른다.
만일 내가
방돔 기념비[51]에 갔더라면,
나는 콩코르드 광장과
결혼했을지도 모른다. (1925년)

작별
—카페

보통
우리는 다음과 같이 말한다.
모든 길은
로마로 통한다.
그러나 몽파르나스 거주자에게는
그렇지 않다.
그는 다음과 같이 주장할 준비가 되어 있다.
레무스
로물루스,[52]
레물, 롬 등도
카페 "로톤다"
혹은 "돔"에 다다르게 된다.
수백 갈래 길을 통해
사람들은
카페로 가며,

산책로의 강을 따라
부유한다.
나 역시 떠돌다 흘러 들어간다.
"얘야,
뚱뚱보
미국 사람이 왔다!"
처음엔
말이,
그리고 입술과
광대뼈도
카페의 소음에 뒤섞여버렸다.
그러나
소음을 벗어나기 위해
떠나려는 순간
몇 마디
말이
들려왔다.
"조금 전에
마야콥스키가
이곳을 지나갔는데,
절름발이 양반——
그 사람 못 봤소?"
"그가 누구와 함께 갔소?"——

"니콜라이 니콜라이치와 함께 갔소."——

"어느 니콜라이하고 말이오?"

——"흥, 대공과 함께 말이오!"——

"대공과 함께라고요?

거짓말일 거요!

그는 뚱뚱하고

손바닥같이 훤한

대머리요.

그는 체카 요원으로

폭파 임무를 띠고

이리로 보내졌지요……" ——

"누구를 말이오?"——

"불로뉴 숲을.

저리 가라, 미시카……"

다른 사람이 정정했다.

"듣기 역겨울 정도로

당신은 거짓말을 하고 있군요!

그는 결단코 미시카가 아니라

파벨이오.

우리는 종종 만난 적이 있소——

파블루샤!——

그리고 그 자리에는

서른 살 정도의

갈색 머리를 한

그의 아내인

공작의 딸도 함께 있었소……"──

"누구의 아내 말이오?

마야콥스키의 아내?

그는 미혼이오."

"그는 결혼했소──

황후하고 말이오."──

"누구하고요?

그녀는 총살당했소……"──

"그리고 그는 믿었소……

제발 잘 부탁합니다!

마야콥스키는 엄청난 돈으로 그녀를

구했소!

그녀는

다시 젊어졌소!"

사려 깊은 목소리,

"그러나 그렇지 않소,

당신은 거짓말을 하고 있소──

마야콥스키는 시인이."──

"네 정말 그래요,──

적갈색 말 두 마리가 끼어들었다,──

1917년

말(末)에
모스크바에서
체카[53]가 네크라소프[54] 작품을 몰수하여
모두
마야콥스키에게 주었소.
당신은
마야콥스키 자신이 시를 썼다고 생각하십니까?
쉼표를 포함하여
마지막 자음까지
그의 시 전부가
훔친 것이오.
네크라소프를 꺼내다
판다면——
하루에
십 루블 정도는 벌 것이오."
중매쟁이
당신들은 대체 어디에 있는 거요?
아가피야,[55] 네 아름다운 모습을 좀 보여다오!
놀랄 만한 신랑감이
추천되었다.
이런 약력을 가진
사람이
결혼도 하지 않고

아무도 모르게 나이를 먹어가는

그런 일이 있을 수 있다니?!

파리여,

수백 년 된 수도인

그대가

어찌 지긋지긋한 망명자의

얼굴을 하고 있는가?

망명자의 소문을

그대의 귀에서

털어내 버려라.

그러지 않으면 촌구석에서

질식할 것이다!——

생각에 잠긴 채

나는 나왔다——

누가 알겠는가?

침을 뱉었다——

제기랄!

모든

귓구멍이

다 뚫려 있는 것은 아니군——

어떤 것은

뚫고 들어갈 수 없어!

독자 여러분, 들으시오,

만약 당신들이,

처칠과

마야콥스키가

우정을 나눈다거나

혹은

내가

쿨리지[56)] 아줌마와 결혼했다는 것을 읽게 된다면,

삼가 부탁드리오니,——

믿지 마십시오.

(1925년)

작별

자동차 안에서,
마지막 남은 프랑을 바꾸고 난 후.
——마르세유 행 기차가 몇 시죠?——
파리는
나를 전송하며
스쳐 지나간다.
형언할 수 없는
그 아름다움으로.
이별의 액체가
눈가에
북받쳐 올랐고,
내
가슴은
감정의 멍이 들었다!
나는

파리에서 살다가
죽었을지도 모른다,
만약 모스크바라는
그곳이
없었다면.

(1925년)

머나먼 곳의 하찮은 철학

내가 만일

톨스토이 같은 사람으로 변하지 않는다면, 뚱뚱보로 변해갈 것이다.——[57)]

바보처럼 열심히

먹고,

쓰고.

바다 위에서 사색하지 않을 사람이 누가 있겠나?

물.

어제

대양은

악마처럼

사나웠다.

오늘은

알 속의 비둘기보다

더 온순하다.

무슨 차이가 있으랴!

모든 것은 흘러가버리고……

모든 것은 변해버린다.

물은

자신의 시절을

갖고 있다,

밀물과

썰물을.

그러나 스테클로프[58)]의

펜은

잉크가 마르지 않는다.

그것은 옳지 않다.

죽은 물고기가

홀로 떠돈다.

지느러미가

마치 상처 입은 날개처럼

매달려 있다.

몇 주를 떠다녀도,

죽은 물고기조차 없다――

될 대로 되라지.

저쪽에서

바다표범보다 더 느리게

멕시코를 떠나온 증기선이 다가오고 있다.

우리는——

거기로 간다.

다른 식으로는 불가능하다.

노동의

분리.

그들은 이것이 고래라고 이야기한다.

그럴 수도 있겠다.

물고기 같은 베드니[59]와 비슷하게

세 아름 정도 크기다.

단지 데미얀의 수염이 바깥쪽에 있는 데 반해,

고래의 수염은

안쪽에 있다.

세월은 갈매기.

그들은 일렬로 날아가다가——

물속으로 곤두박질쳐——

작은 물고기로 배를 채운다.

갈매기들은 자취를 감추었다.

본질적으로 말해서,

새들은 어디로 갔나?[60]

나는 태어나,

자라면서,

젖병을 빨았고,——

살면서,

일했고,

약간은 늙어버렸다……

삶 역시 그렇게 지나가버릴 것이다,

아조레스 제도[61]처럼.

(1925년 7월 3일 대서양)

흑과 백

만일
천국의 땅
하바나[62]를
잠시라도 둘러보게 된다면
이곳에 매료될 것이다.
종려나무 아래
홍학이
서 있고,
베다도[63] 구역 전체에
콜라리오[64] 꽃이
활짝 피어 있다.
하바나에는
모든 것이
질서정연하게 구획되어 있다.
백인들은 달러를 갖고 있지만,

흑인들은 빈털터리.
그리하여
빌리는
"엔리 클레이 앤드 보크 상사"[65] 옆에
브러시를 들고 서 있다.
생계를 위해
빌리는
온 숲의
많고 많은 먼지와 쓰레기를
쓸어낸다,——
그래서
빌리의 머리털은
빠졌고
그래서
빌리의 배는
쑥 들어갔다.
그의 기쁨의 뿌연 스펙트럼은 좁디좁다.
여섯 시간을 모로 누워 잠잔다,
오로지
도둑놈,
항구의 감독관이
지나가다가 일 센트짜리 동전을
흑인에게

던져준다.

과연 이런 모욕을 모른 체해야 되나?

대체 다리가 아닌 머리로

걸어 다니게 된다는 것은

무슨 뜻이란 말인가.

그렇게 된다면

더욱더

지저분해질 뿐이다.

수천 개의 머리카락보다

두

다리를 쓰는 게 낫다.

화려한 프라도[66] 거리가

나란히

지나간다.

거리 곳곳마다

재즈 소리가

들린다.

순진한 이는

이 순간 정말로

하바나에

옛 천국이 나타났다고 생각할 것이다.

세상의 소란도

곡식의 움도

파종도
빌리는 거의 생각지 않는다.
빌리는
오직 한 가지만을
마세오[67] 기념비의
돌보다도
더 굳게
기억하고 있다.
"백인은
익은 파인애플을
먹고
흑인은
무르고 썩어빠진 것을 먹는다.
흰 일은
백인이 하고
검은 일은
흑인이 한다"는 것을.
빌리를 괴롭히는 의문은 얼마 되지 않는다.
그러나 한 가지 의문이
연거푸 그의 머리를 짓누른다.
빌리에게
이 의문이
떠올랐을 때,

그는
브러시를
손에서 떨어뜨렸다.
그는 그 즉시
시가의 왕
엔리 클레이에게로
가야만 했다.
엔리 클레이는
구름 떼보다 더 하얗고
설탕의 왕 가운데 가장 위대한 자였다.
흑인은
뚱보에게
다가갔다.
"송구스럽지만 브레그 씨!
어째서
희디흰 설탕을
검은 흑인이
만들어야 합니까?
검은 담배는 당신의 콧수염에
어울리지 않고
검은 콧수염의
흑인에게나 맞습니다.
만일 당신이

설탕을 탄 커피를
좋아한다면
설탕을
직접
만드셔야 하지 않겠습니까."
그런 질문이
그냥 묵인되지는 않는다.
이 백인 왕의
얼굴이
노랗게 되었다.
백인 왕은
주먹 한 방으로 난처한 상황을
교묘하게 빠져나와
장갑을 벗어버리고
달아났다.
주위에
식물학의 기적이
일어났다.
바나나가
지붕을
엮어 올렸다.
흑인은
코피를 닦은

손을

흰 속바지에

문질렀다.

흑인은

얻어맞은 코를 씩씩거리며,

턱뼈를 움켜쥐고

브러시를 들어 올렸다.

이런 의문을 해결하기 위해서는

모스크바에 있는

코민테른[68]에

호소해야만 한다는 것을

그가 어찌 알겠는가?

(1925년 7월 5일 하바나)

집으로!

가거라, 생각이여, 너 자신의 집으로.
영혼과 바다의 심연을
                    얼싸안아라.
항상 분명한
          사람은,——
내 생각에,
        그는
            그저 바보일 뿐이다.
모든 선실 중
            가장 안 좋은 선실에서 나는——
밤새 위쪽에서
            들리는 쿵쾅거리는 발소리에 단련되었다.
밤새,
    천장의 평온을 깨뜨리는,
춤추는 소리와

신음 소리가 들려왔다.
"마르키타,
마르키타,
나의 마르키타여,
어째서 마르키타,
너는,
나를 사랑하지 않니……"
그런데 어째서
마르키타가 나를 사랑해야 하는가?!
나에겐
몇 프랑조차 남아 있지 않았다.
그런데 마르키타는
(단지 눈짓만 해보시오!)
백 프랑에
방으로 따라갈 것이다.
큰돈은 아니지만——
멋 부리며 살 수는 있다——
안 된다,
지식인이여,
더러운 머리칼을 쥐어뜯고,
시의 비단실을
한 땀 한 땀
박는

재봉틀을
그녀에게 주어라.
프롤레타리아는
하층부를 통해
공산주의에 도달한다——
광산,
낫,
갈퀴와 같은 하층부를 통해,——
나는
시의 하늘에서
공산주의로 돌진한다,
왜냐하면
그것 없이 사랑이란
내게 존재할 수 없기 때문이다.
내 스스로 망명했든
혹은 어머니에게로 보내졌든
마찬가지다——
내 강철의 말은 녹슬어가고,
청동의 목소리는 어두워져간다.
어째서 내가
이국의 빗속에서
흠뻑 젖어,
썩고,

녹슬어가야 하는 것인가?
바다 건너 떠나온
나는 이곳에 누워,
내 기계의 각 부분들을
태만하게
겨우 작동시킨다.
나는 행복을 만들어내는
소비에트
공장을 통해
나 자신을 느낀다.
나는 원치 않는다,
내가 힘든 일을 마치고 난 후
숲 속 빈터의 꽃처럼
뽑혀버리는 것을.
나는 원한다,
국가계획위원회가
내게
연간 과제를 부여하면서
토론으로
진땀 빼기를.
나는 원한다,
그 시대의 인민위원이
우리의 머릿속에

명령을 하달하기를.
나는 원한다,
거장을 위한 최고의 사례금으로
거대한 사랑을 내 가슴에
안기기를.
나는 원한다,
일을 끝마칠 때
공장위원회가
내 입을 자물쇠로
잠그기를.
나는 원한다,
펜이 총검에 필적하기를.
시 생산량이
주철 생산량과 함께
정치국에서
다루어지기를,
스탈린 동무가 다음과 같은
시 생산에 관한 보고서를 작성하기를.
"말하자면,
이러저러하게……
우리는 노동자의 규준에 비추어서
가장 상층부까지 올라왔습니다.
소비에트

공화국에서

시에 대한 이해는

전쟁 전의 규준보다[69]

한층 더 뛰어납니다…….”

(1925년)

수뢰자

문. 문 위에 붙어 있는——
"무단출입 엄금."
마르크스 아래,
팔걸이 안락의자에는
고액 월급을 받는,
키 크고, 말쑥하게
차려입은 책임자가
앉아 있다.
그는
밀수품 뇌물인 조끼를 입고 있으며,
한쪽 주머니 안에는
권총이 들어 있고,
다른 쪽에는
위조된
오랜 경력의

당원증이 삐죽 튀어나와 있다.

온종일 그는——

순전히 머리 굴리는 일만 한다.

이마 위에서——

맴도는 생각,

누구를

그의

대부로 정하나,

누가 대모로 적합할까?

그는 가는 곳마다

보잘것없는 사람을

심어두었고,

곳곳에

그의

스파이들이 있다.

그는 알고 있다,

누구의 다리를 걸어야 하며,

그리고 어디에

연고자를 심어놓아야 하는지를.

모두가 제자리에 앉아 있다.

약혼녀는

트러스트에,

대부는

국영백화점에,
동생은
인민위원회에.
친족의 세력 범위는 점점 더 확대되어간다.
그리고
급여 명세서에는
특별 급여,
이익 배당,
근로 봉사 상여금 등
온갖 종류의 상여금을
집어넣지 않는다!
그는 특별한 종류의
전문가다.
그의
말 속에는
신비한 것이 없다.
그는 "인민의 형제애"를
문자 그대로
형제,
숙모
누이의 행복으로 이해했다.
그는 정원 감축 방법을
생각한다.

케트는

아주 검은 눈동자를 갖고 있지……

그런데 어쩌면,

나타에게 자리를

마련해줄 수 있지 않을까?

나타의 얼굴은 동그스름한 형이다.

그러나 그곳

대기실의 공기는

억제된 웅성거림과,

담배 연기로 인해 숨이 막힐 지경이다.

책임자는 어깨를 으쓱거린다,

——안 됩니다!

괜찮군요……

이 일은 검토할 필요가 있겠군요!

하루나 이틀 정도 지나

다시 오십시오……——

그러나 기다리는 날은 오지 않을 것이다.

청원자는

헛되게

허리를 굽혔다.

——안 됩니다……

자료가 없어요!——

이해하기 위해서는 시간이 걸린다!

바닥이 닳도록

서류 가방을 뒤적이고 난 후,

청원자는

새로운 자료의

서류가 들어 있는

봉투를 양복 위에 놓고는,

작별을 한다.

손바닥으로 봉투를 가리고

——둥근 파이 같은 뺨에 홍조가 피어올랐다.——

파렴치한은

손가락에 침을 묻혀,

만족스럽게

뇌물을 센다.

반면 뇌물 준 사람은

정당한 노여움으로 벌개져,

관청이 다 울리도록 소리친다,

——해결해주시오!——

그리고 돌변해

——전부 다!——

종이 위에

"동의"라는 글자가 나타난다!

책임자는

어느 현관 입구로

달려간다.

배당된 관용 차를

멈춰 세워놓고

책임자는

정부(情婦)와 함께 저녁식사를 하며,

"아브라우"[70]를

병째 마신다.

그는 정부를

즐겁고 음흉하게 꼬집는다.

——자 이거

소네츠카에게 주는 선물이야,

소네츠카, 이것은

당신 향수 살 돈.

이것은

당신 속옷 살 돈……——

이런 놈은

수천 노동자의 몫을 절취하고,

위장을 위해 시월 혁명의 붉은 노을을 이용한다.

그는 극빈한 소비에트를

술집에 투매하려고

우리에게 왔다.

나는

백군에게

내 손을 내밀고,
혐오감 없이 악수를 나눌 수 있을 것 같다.
나는 단지 미소 지으며 말한다,
——안녕하시오
우리가
당신들을 호되게 꾸짖었소!——
빵을 훔친 자를
징벌하지 마라.
살인자 또한
용서받을 수 있다.
어쩌면, 그는 병들고,
그의
영혼 속에는
광기의 열정이
소용돌이치고 있는지도 모른다. ——
그러나 만일
여기 이 루블을
훔친 사람이
자기 손바닥으로
내 손바닥을 만진다면,
나는 손을 씻고 난 다음,
벽돌로
내 손바닥의 부정한 가죽을 닦아낼 것이다.

우리는 백군의
뿔을 간신히 꺾었다,
지금까지도
한쪽 다리를
절뚝거린다,——
반쯤 굶주리고 헐벗은
우리에게,
수뢰자는
그 어떤 적보다도
더 무섭고
혐오스럽다.
당이
강력한 슬로건을 하달했다.
그것은 우리에게
소중하게 맡겨졌다!
우리
대열에
달라붙어
재산을
축내는
기생충들을 퇴치하라!
우리는 거대하게
성장해야 한다,

그러나 이들이
　　　　　금고 주위를 에워쌌다.
당과
　　노동자 대중은
벌겋게 달군 쇠로
　　　　　　그 군살을 태워버릴 것이다.

(1926년)

관료주의자의 공장

정책 실행을 위해
그는 이곳에 파견되었다.
평범한 재능에
중년의 나이.
계획으로 가득 찬 머리.
가슴속엔 굳은 각오.
주머니 속엔 펜과
파티 입장권.
그는 힘찬 몸짓으로 지도하면서
돌아다닌다.
새로운 시대가 밝아오는 것이
보인다!
스스로 온갖 곳을 다 참견하며,
관리자부터 심부름꾼까지
모든 사람을 감독한다.

아주 자질구레한 세부 사항에도
주의를 기울이며
열이 받쳐
화를 내보지만……
그러나 그의 말은
아무 효과도 없이
관리들의
이마에서
튕겨 나온다.
그렇다면 관공서란 무엇인가?
사기꾼이여, 주목하시라!
비록 태양보다 더 선명하게
당신이 일을 진척시킨다 하더라도,
이 때문에
당신의 모든 열정은 관계 속에,
앙케트 속에
그리고 회람 문서 속에
파묻히게 된다.
문서를
혐오스럽게
다룰 필요가 있다.
그러나 단지
당신이 그것에만 몰두한다면,

하루 지나
당신의 머리는
문서의 허튼소리들로 터져버릴 것이다.
그들은 모든 것을 정서하고
발신 서류철에 끼운 다음,
보고하기 위해
서류철을 들고 나타난다,
——여기다 서명해주십시오!
그리고 여기도 또!……
그리고 여기도 또,
그리고 여기!……
또 여기도!…… ——
정열은
흔적도 없이
잉크병 속으로 사라져버린다.
앞에 놓인
문서 속으로
진드기처럼 스며든다……
환경이란
추악한 것!!
상사가 쳐다보자,
관청의 음침함으로 인해
얼굴은

백묵보다 더 창백해졌다.
진땀이 흘렀다,
펜 긁적이는 소리,
손은 전사(轉寫)했고
또다시 일에 열중했다,
그러나 끝도 없이
산더미처럼
문서는
하얗게 쌓여만 갔다.
무엇이든 좋을 대로
아무렇게나 서명한다,
어디로,
어째서,
누구인지도 검토하지 않은 채.
그는 자신의
아줌마를
로마 교황으로 임명한다.
자기 자신에게는
사형 선고를
내린다.
당의
연약한
양심의 울림은

날마다
발송되는 서류 뭉치들 속에
파묻혀버린다.
문서 왕복의 파토스를
이해하고 난 후,
관리는 입맛을 다시고,
본격적으로 뛰어들어
일에 매달린다.
각오는?
계획은?
용기는 대체 어디에 있는가?
관리들을 모아,
단단히 주입시킨다.
——즉시
이름과 부칭(父稱)을
알아내시오!
누가 감히
성만 씌어 있는
봉투를
보내려고 했습니까??!——
그리고 또다시
조그맣게 짖어대는 소리로
떠들어댄다.

——바로 다음과 같이 우리는 이 일을 수행합니다?!
"적용 가능"이라고
간단히 적어 넣고
그리고 "여기에"라고
쓰는 것을 잊어버립니다!
그날 하루
온 나라가
불필요한 서류의
홍수로
범람했다,
차 안으로
배(腹)를
집어넣고——
그리고 곧바로
별장으로
거드름을 피우며 돌진한다.
그는
악마에게서 짜낸 우유나
수수죽에서 나온
금과 같이 쓸모없는 인간이다.
잉크 양이
늘어가면서
오로지 보고서는

지하 창고 속에
쌓여만 간다.
관리들의 무리는
매주
시월 혁명의 뇌성과 울림을
폐기하고 있다.
그리고 심지어
많은 관리들은
독수리가 새겨진
이월 혁명 이전의
단추를
몰래 보여주기도 한다.
시인들은
항상
친절하고 정중하며,
내 결론을 함께 나눌 수 있어서 기쁘다.
첫째,
훌륭한 재능을 가진
어느 누구도
관료주의자가
될 수 있다.
두 번째 결론
(신문 칼럼 난에

한두 번이 아니라
수백 번 실렸다),
공산주의자는 새가 아니라서
그가
종이 꼬리를
얻을 필요는 없다.
셋째,
똑바르게 그리고 비스듬히
서명된
서류가
그에게서
공산주의를
가리지 않도록
밑에 수북이 깔려 있는
서류 더미로부터
그의 목덜미를
들어 올려야 한다.

(1926년)

배가 된 인간
—네테[71] 동무에게

헛되지 않게 나는 전율한다.
이것은 무덤 저편의 환영이 아니다.
용해되어버린 여름처럼
빛나는
항구를 향해[72]
"테오도르
네테" 동무가
방향을 바꿔
들어왔다.
이것이 그다.
나는 그를 알아볼 것이다.
접시 모양의 구명대(帶) 안경을 통해.
——잘 지냈나, 네테!
자네가 로프와 닻,
굴뚝과 같은,

연기(煙氣)의 삶을 통해
되살아난 것이 나는 얼마나 기쁜지 모르겠네.
이리로 오게!
물이 자네에게 얕지는 않은가?
아마, 바툼에서부터
줄곧 엔진을 달구며 왔겠지……
기억하는가, 네테——
자네가 인간이었을 때
기차 안에서 나와 함께
차를 마셨던 일을?
사람들이 코를 골기 시작했지만,
자네는 서두르지 않았지.
한쪽 눈으로는
봉인을
흘끗 보면서,
쉬지 않고
로만 야콥슨[73]에 대해
떠들어댔고
시를 외우며
우스꽝스레 진땀을 뺐지.
동이 틀 무렵 자네는 잠이 들었지.
그런데
방아쇠를 당겼단 말인가……

참견하고 싶은 사람은
참견하시오!
불과 일 년밖에 안 되어
내가
배[船]가 된
자네를
만나게 될 줄
생각이나 했겠는가.
달이 떠오르는 모습.
참으로 감동적이다!
공간을 둘로 가르면서
어렴풋하게 나타난다.
마치 마지막 전투에서
불멸의 영웅의 흔적을
핏빛으로 비추면서[74)]
자기 궤도를 따라
영원히 이끌고 가듯.
책자로 된 공산주의는
쉽게 믿음을 주지 못한다.
"책에서
탈곡할 수 있는
것이란 별로 없지 않은가!"
그러나 그것이

불현듯 "환상"을 소생시키고
공산주의의
본질과 육체를 보여줄 것이다.
철의 맹세로
맺어진 채
우리는 살고 있다.
그것을 위해서라면——
우리는 십자가의 처형도
총살도 두렵지 않다.
이것은——
이 세상에서
러시아나
라트비아의 구별 없이,
하나의
인간 기숙사에서 사는 것.
우리 혈관 속에는
물이 아닌 피가 흐르고 있다.
리볼버 총성을 무릅쓰고
우리는 나아간다,
죽을 때
배로
시로
또 다른 장기적인 사업으로

되살아나기

위해.

나는 세월을 뚫고 질주하며,

살아갈 것이다.

그러나 삶을 마감할 때

나는 한 가지 바람이 있을 것이다——

네테 동무가

죽음을 맞이했던 것처럼

그렇게

내 죽음의 순간을

마주하고 싶다.

(1926년 7월 15일 얄타)

종이 공포
—블라디미르 마야콥스키가 경험한

내가 만일
손에
지구의 고삐를
쥐고 있다면,
나는
잠시 동안 지구를 멈추게 할 것이다.
——들어라!
들리는가?
기계적으로 단조롭게
긁적이는 깃털 펜 소리가,
마치
지구의 이빨이 빠드득거리는 것 같은 소리가——
인간의 오만함을,
가라앉히고 진정시키라!
그런 인간들은

대체로 폴란드 놈들이다!

거대하고도
중요한
종이의 들판 위에서
인간은
점점
얼룩이 되어간다.
인간은
그림자처럼 비좁은 방에서
살고 있다.
인간에게는
단 한 평만 주어지지만,
그러나 종이에게는?
드넓은 공간이 주어진다!
종이는 관공서의 성 안에
살면서,
책상 위에 쭉 펴고 드러누워,
안락한 서류함 속에서 생활한다.
인간은 덧신도
장갑도 없이
상점에서
옷을 사기 위해
줄을 선다.

그러나 종이는?
서류함이 층층이 쌓여 있고,
각 "서류 문건"마다
수많은 서류철들이 있다.
당신은
여행갈
돈이 있습니까?
당신은 마드리드에 가본 적이 있습니까?
당신은 그곳에 가본 적이 없지!
그러나 이
종이들이
배타고
여행할 수 있도록
새로운 중앙우체국이
또
세워지고 있다!
예전에 튼튼했던
다리는
클립처럼 야위었고,
지시가
이성의 힘을
대체했다.
차츰

인간들은
주인 노릇을 하는 종이를 위해
봉사하는
심부름꾼으로
전락해간다.
거대해진 종이는
모서리의 하얀 이빨을
드러내면서,
서류 가방 속으로 간신히
들어간다.
조만간
인간들은
잠자기 위해
서류 가방 속으로 기어 들어갈 것이고,
반면에 종이는
우리의 아파트를 차지하게 될 것이다.
나는
미래를 예견한다——
이것은 나의 공상이 아니다.
종이의 메가폰이
우리에게 큰 소리로 다음과 같이 예언하고 있다——
앞으로
종이가

식탁에 앉아
차를 마시게 될 것이고,
왜소해진 인간은
식탁 밑에서
쭈글쭈글 구겨진 채 뒹굴게 될 것이다.
불타는 깃발을 펄럭이며
폭동을 일으키고,
자신의 이로 종이를 찢어버리면서
큰 소리로 울부짖을지 모른다……
프롤레타리아여
조금이라도
불필요한 종이는
너 자신의 적과 같이
죽도록 미워하라.

(1927년)

자아비판에 대한 비판

유행처럼——
모든 이들이 휘감겨 있다.
조잡하고
불완전하게,
흡사
다람쥐 쳇바퀴 돌듯
모든 사람들이
자아비판을 하고 있다.
그 자신
현대의 관리는
자기 가슴을 쾅쾅 치며
"나는
항상
충고를 달갑게 받아들인다오.
비판하시오!

나는——

오만한 사람이 아니오.

그러나……

벽에 붙어 있는 신문에서 흘러나오는 음울한 신음 소리……

대체 그 어디에

노동 통신원의

의미가 있단 말인가?

당신들은

질책의 글을 써대지만

그건 법원의 판결에나

맡겨두시오."

자아비판자

현대의 바보는

횡포한 관리처럼 행동하면서,

생각한다.

"나는

비판에

적대적인 사람은 아니오.

그러나 노동 통신원은——

제멋대로 행동하고 있단 말이오.

비판하시오!

그러나 무례하지 않게 말이오.

내 가슴은

건전한 생각을

달갑게 받아들인다오.

그러나……

비판자가

열일곱 번째 등급의 관리보다

더 낮은

존재는 아니오."

아침꾼은 열심히

달콤한 목소리로

비판을 한다.

바로

이

명령서를 받고 난 뒤에

그는

누구도

칭찬하지

않았다.

책임자가

자신들을

대충 훑어보고

관청에서

쫓아내지 않도록 하기 위해

저 위에서
누군가를
욕했다면,
그들은 스물네 시간 내내 쉬지 않고
그 사람을 욕할 것이다.
중요한 것은
전문가들의 시선이
비판의 유행으로
향하고 있다는 점이다.——
자——
비평가-노래꾼이여,
노래 한번 불러보시지요.
그러곤 실컷
헛물이나 켜시오.
무시무시한 캠페인은
매년
수없이
있어왔다.
그대는
케케묵은 유행에
파묻혀 있다——
유행이란
제 살 파먹기.

그런데 노동 통신원은?

노동 통신원——

자, 보시오!——

그는 낙담한 나머지

비뚤어진 시각으로 바라보고 있다.

이러한

자아비판 때문에

그는

뒷골이

깨지는 듯하다.

그는 할 일 없는 손을

그저 아무 생각 없이

호주머니 속에

찔러 넣고 있다.

그는——

바로 교정되고

그는——

깨끗해진다,

그는 억눌려

움츠러든다.

언어의 용암을

헤엄쳐 나오지 못한다.

조잡하고

과장된 자리에
최신 유행의
슬로건을
걸어놓고서
모두들——
자아비판을 하고 있다.
시민 여러분,
이것이 바로
자아비판입니다
라고 거짓말하지 마시오!
책임자들이
민주적이랍시고 헛소리를 지껄이는
동안에,
우리들 속에서
노동자 계급의
양들은
침묵을 지킨다.
우리가 노예처럼 침묵하는
동안에
옛
백군(白軍)의
잔당들은 강해지고,
갈취하고

강간하고
약탈을 자행한다.
순종할 줄 모르는 자들——
그들의 낯짝은 두꺼워진다.
침묵하는 자들의
살가죽은
교활하다.
그들의 낯짝에
침을 뱉으면
그들은 자신들의 낯짝을 그저 닦아낼 뿐이다.
"우리의 주둥이는 소리가 나지 않습니다.
대체 우리는 어디에 대고
푸념을 해야 합니까?
우리의
극히 작은
불평조차
어떻게 해볼 수가 없습니다."
삼십 분 정도
구석에서
떠들어대다가,
그들은 다시금
벌벌 떨기 시작한다.
어이,

자는 사람들은 눈을 뜨시오!
폭로하라
머리에서 발끝까지.
동지,
침묵할 생각일랑 아예 버리시오!

(1928년)

아첨꾼

이러한 종류의 대중은——
조용하고
형체가 뚜렷하지 않아서,
마치 젤리와 같다,——
그들 중
대부분이
우리
시대에
등장한다.
표트르 이바노비치 볼다시킨은
우둔하고
몸이 야위었다.
어깨 위에서
흉측한 부스럼투성이의,
대가리가 아닌——

지팡이 손잡이 같은 무엇인가가
쓸데없이
붉어진다.
지금
이런 과일이
연약한 당국의
태양빛을 받으며
뜨겁게 익어간다.
원인은 어디에 있는가?
비밀은 어디에 있는가?
나는
자주 생각에 잠긴다.
그의
삶은
순조롭게 진행된다,
그에 대해
나는 이런저런 소문을 퍼뜨리지 않는다.
그의 보물은──
그의 능력이다.
상냥한
교제
능력.
다리를 핥고,

손을 핥는다,

허리를 핥고

더 밑을 핥는다,——

수캐가

암캐를

핥듯

수고양이가

암고양이를 핥듯.

그럼 혀는?!

당국자를

쫓아다니느라

삼십 미터나

늘어났다——

아부로 인한 거품은

수염을 깎고도

남을 만큼이고,

심지어

솔로도 씻지 못할 정도다.

상상의

날개 속에서

당신의 고통과

지위

경력

당신의 용기와
노력 등이 인정받게 되고,
이에
격앙되어
당신은 책임자의 모든 것을 찬미한다.
그리하여 책임자는
승진하게
되고,
이와 마찬가지로
아첨꾼도
일상생활에서 칭송받는다.
마치
어딘가로부터
권력을
부여받은
듯하다.
만일
그가 이미
고삐를 쥐고 있다면,
온통
아부하는
눈빛으로,
침이 마르도록 이렇게 말할 것이다.

"존중하시오,
당국자를
존중해야만
하오……"
우리는
음울하게 탄식하며
바라본다,
민주주의가
조롱당하는 가운데
그들의 동지들 속에서
너무도 크나큰 위계질서가
자라고 있는 것을.
위
아래로
걸레를 휘날리며,
비굴하게 구는
자,
아첨에 열심인
자,
아첨을 비호하는
자
이 모두를
다 쓸어내 버렸으면.

(1928년)

파리의 여인

당신들은 상상한다
진주 목걸이와
보석
팔찌로 치장한
파리의 여인들을……
그런 상상일랑 그만두시오!
삶은——
박정한 것——
나의 파리 여인은
다른 모습을 하고 있다.
정말 모르겠다
누렇게 될 정도로
천박하게
멋을 낸
그녀가 젊었는지

혹은 늙었는지.

그녀는

그랜드 샤메르라는

조그만 레스토랑

화장실에서

일한다.

부르고뉴산 적포도주를

마신 사람은

소변을

보러 갈 수 있다.

아가씨의 일은

수건을 공급하는 것,

그녀는

이 일에서

솔직히 말해 예술가다.

사람들이 거울 앞에서

주의 깊게 여드름을 살피는 동안,

그녀가

부르튼 입에

살짝 미소를 짓고

분을 바르면

냄새가 진동한다,

화장지를 내놓고

고인 물을 닦아낸다.
식도락가인 여자 종은
빈대가 되어
주야로
수세식 화장실에
종종 모습을 드러낸다,
오십 상팀[75]을 위해!
(환율로 따지면
남자에게서
약
사 코페이카를 받는 셈이다.)
세면기 아래서
손을 씻고
진한 향의 독주(毒酒)에
놀란 듯
숨을 몰아쉬면서,
나는 잘 이해하지도 못하는
이 아가씨에게
다음과 같이 말하고
싶다.
——아가씨,
미안합니다만,
당신의 모습이

가련하군요.

당신은 화장실에서 젊음을

망치는 것이 슬프지 않습니까?

아니면

나에게

파리의 여인에 대해 거짓말을 했거나

혹은

아가씨, 당신이

파리의 여인이 아니던가.

당신은

결핵에 걸려

파리해 보입니다.

모직 양말……

왜 견직물이 아닌가요?

어째서

두툼한 돈지갑을 가진

고상한 신사 양반들이

파르마 제비꽃을

당신에게 보내지 않나요?——

아가씨는 잠자코 있었다.

소음이 쌓여갔다

선술집 위로,

천장 위로,

우리 위로.
그때 사육제의 즐거움이
이곳을 둘러쌌고,
파리 여인들 속에서
몽마르트르 전체가
울려 퍼졌다.
용서하십시오,
이를 갈며 쓴 시를
그리고
그 시 속에 묘사된 악취 풍기는
이 웅덩이를,
그러나
만일
여자가
몸을 파는 대신
노동을 한다면,
파리는
여자에게
너무도 힘든 곳이다.

(1929년)

소비에트 여권에 관한 시

나는 늑대처럼
관료주의를
물어뜯고 싶었다.
명령서엔
어떤 존경도 표하지 않는다.
모든
서류는
악마에게로
가버리라지.
그러나 이것은……
정중한 관리가
객실과
선실(船室)의
긴 선을 따라
움직인다.

사람들은 여권을 내밀고
나도
내
자홍빛 여권을
내민다.
어떤 여권엔
입가에 웃음을 띠어 보이고
어떤 여권은
자세히 조사한다.
이를테면,
이인용 침실을 사용할 수 있는
여권을 소지한
영국인에겐
존경을 표한다.
미국인의
여권은
마치 팁처럼
받아 들고서
그 선량한 아저씨를
뚫어져라 쳐다보며
쉼 없이
절을 한다.
그는 광고 속의 염소를 바라보듯

폴란드인의 여권을

쳐다본다.

그는 맹목적이고

관료주의적인 눈길로

폴란드인의 여권을

찬찬히 훑는다.

마치

이 지적도는 어디서 구했고

무엇에 쓰려고 하는지를 묻듯이,

멍청한 머리를

굴리지 않고,

어떤

감정도

내보이지 않고,

눈 한번 깜빡이지 않고,

덴마크인들의 여권과

또 다른

스웨덴 사람들의

여권을

건네받는다.

그는 갑자기,

불에라도

덴 듯

어떤 사람을 향해
입을
일그러뜨린다.
이
관리가
내
빨간 가죽 여권을
받아 든다.
그는
폭탄을 집듯이,
고슴도치를
집듯이,
양날의
면도날을 집듯이,
스무 개의 독침을 가진
이 미터짜리
방울뱀을
집듯이
내 여권을 집어 든다.
짐꾼이
의미심장하게
윙크를 한다,
공짜로

당신의 짐을 날라주겠다고.

헌병이

형사에게

의혹의 눈짓을 보내고

형사도

헌병에게 눈짓을 한다.

헌병들의

즐거움을 위해

나는 매질을 당하고

십자가에 못 박힐 뻔했다,

내 손에

망치와

낫이 그려진

소비에트 여권이 쥐어 있다는

이유로.

나는 늑대처럼

관료주의를

물어뜯고 싶었다.

명령서엔

어떤 존경도 표하지 않는다.

모든

서류는

악마에게로

가버리라지.

그러나 이것은……

나는

통이 넓은 바지에서

극히 귀중한

사본인 양

여권을 꺼낸다.

그리고 자긍심을 갖고

읽어보라.

나는

소비에트연방의

시민이라고.

(1929년)

제 2 장

장시

전쟁과 세계

머리말

당신은 운이 좋다.
죽은 자는 수치심을 견디지 못한다.[76)]
죽은 살인자에 대한 노여움을
진정시켜라.
날아가버린 영혼의 죄는
가장 깨끗이 정화된 물로 씻겨졌다.

당신은 운이 좋다.
그러나 어떻게 내가
포화와
굉음을 통해
살아 있는 자에게 사랑을 가져다줄 것인가?
만일 내가 헛딛기라도 한다면

자그마한 마지막 사랑의 조각 역시
망각의 심연 속으로 영원히 빠져버릴 것이다.

돌아온 그들에게
당신의 슬픔은 무엇이며
여하한 시의 장식은
무엇이란 말인가?!
한 쌍의 의족에 의지해
단 하루라도
간신히 절뚝거리면서라도 돌아다니고자 하는
그들에게!

벌벌 떨고 있군!
겁쟁이!
죽임을 당하겠군!
그렇게
그대는 반세기를 더 노예로 살 수 있겠다.
거짓말!
나는 안다,
눈 깜짝할 새에 공격이 시작되면
영웅적 행동과
용감함으로
최선봉에 설 것이다.

오, 도대체 누가,
사멸된 시대의 경종이 울릴 때
용감하게 나오지 않으리?
모두가!
그러나 나는
이 지상에서
유일한
미래의 진리 포고자.

오늘 나는 기쁘다!
내 영혼을
단 한 방울도 흘리지 않고
할 수 있었다
운반해올 수 있었다.
모든 울부짖음과
부르짖음 중에
유일한 인간의
목소리를
나는 지금 드높인다.

그런데 원한다면
그곳에서 나를 쏘고,
말뚝에 묶어라!

나는 얼굴 표정 하나 바꾸지 않을 것이다!
원한다면
내 목적을 더욱 선명히 빛나게 하기 위해
이마에
카드라도 꽂겠다?!

헌사
—릴리[77]에게

1915년
시월 팔일.
시간이
내가 군인이 되는
의식을 지켜보았던
그날.

"들어라!
모두가,
심지어 쓸모없는 사람조차도
살아야만 한다.
안 된다
어느 누구도

목숨이 붙어 있는 한
참호와 엄폐호의 무덤 속으로
밀어 넣지 마라——
살인자들이여!"

아무도 귀 기울이지 않는다.
뚱뚱한 하사관이 압착기처럼 나를 꽉 눌렀다.
양쪽 귀 아래를 깔끔하게 면도해주었다.
마치 표적인 양
내 이마에
병사의 십자가가
드리워졌다.

이제 나 또한 서부 전선으로 간다!
나는 그리로 가고 또 갈 것이다,
팔 포인트 활자로 조판된
"전사자"
난(欄) 아래에서
너의 두 눈이 날 애도할 때까지.

제1부[78)]

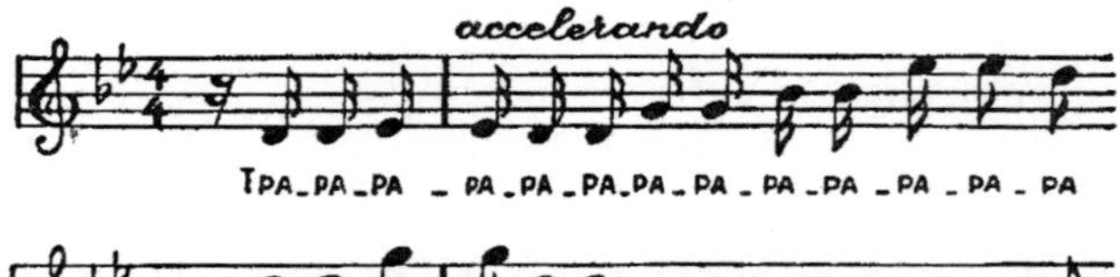

그리고 지금
오케스트라의 모닥불 빛에 흔들리는
연단 위로
배〔腹〕가 굴러떨어졌다.
그리고 시작했다!
수천 개의 눈들이 확대경처럼 휘둥그레졌고,
일그러졌다.
땀이 광택제처럼 반짝였다.
갑자기——
마치 팽이가 뒤집히듯
그가 번쩍이는 배꼽을 스스로 멈추었다.

무슨 일이 일어났다!
대머리들이 한곳으로 몰려들어 달과 같이 되었다.
궁금해서 가늘게 실눈을 떴다.

해변조차도
소금기의 타액을 튀기면서
빽빽이 들어선 집과 같은 이빨을 드러내며 웃는다.

그것이 끝나자,
입들은
마치 전류에 감전되기라도 한 것처럼
"브라보" 하며 일그러졌다.
브라보!
브라-아보!
브라-아-아보!
브라-아-아-아보!
브-라-아-아-아-보!
이 사람은 누구인가
누구란 말인가?
이 고기-대중,
황소 상판의 군중이란 말인가?

조용한 시집 속에
분노의 외침을 집약할 수 없다.
이들은 콜럼버스의 손자,
갈릴레이의 계승자
종이 어망 속에 뒤얽혀 울부짖는다!

그리고 거기서,

단아한 저녁에

단정치 못한 걸음걸이의 여자들이

수백 개의 깃털 달린 모자를 흔들어댔다.

그리고 남성들은 보도의 건반 위를 둔탁한 단속음을 내며 지나갔다.

거리 창녀의 무도회 피아니스트들은 미쳐버렸다.

오른쪽으로,

왼쪽으로,

비뚤게,

비스듬히,

들판의 가슴을 멋지게 꾸미고,

지축에 꿰어진

거대한 바벨탑들과

조그마한 바벨탑들

수많은 바빌론의 회전목마들이

소용돌이친다.

그것들 위에는
매혹적인 긴 목을 갖고 있는
병들.
그것들 밑으로는
술 취한 구멍의
잔들.
사람들은
술 취한 노아처럼
나뒹굴고 있거나,
아주 천박한 낯짝으로 크게 웃고 있다!

그들은 게걸스럽게 처먹는다,
그런 다음
야음을 틈타
털북숭이 고깃덩어리들이 몰려나와
즐기기 위해 서로에게 다가간다
도시를 온통 침대의 삐걱거리는 소리로 뒤흔들어놓으면서.

대지는 썩어간다,
전등 불빛은
산만한 종기 딱지를 파헤친다.

도시의 고통으로 전율하면서
사람들은 죽어간다
돌구멍 속에서.

의사들이
관에서
한 사람을 꺼냈다,
전례 없이 사람들이 줄어드는 이유를 알아내기 위해.
깨물어 구멍 난 영혼 속에서
황금발의 미생물처럼
루블화(貨)가 꿈틀거렸다.

곳곳에
죽음의 화를
더욱더 빨리 부추기기 위해,
사람들을 지붕까지 부글부글 끓게 하고
수도(首都)들의 가슴속으로 수천 마력의 디젤 엔진이
오염된 피의 짐마차를 몰아넣는다.

고요한 영혼들!
그들은 그리 오래 살지 못했다.
즉시
철도 레일의 혈관을 따라

도시의 전염병은 농촌의 그을음 속으로 흘러 들어갔다.
새가 노래하던 곳에는 접시 부딪치는 소리가 들려오고,
침엽수림 울창하던 곳에는 떠들썩한 광장이 들어섰다.
육층 높이의 목신들처럼
매음굴이 줄지어 무도회로 들이닥쳤다.

태양은 붉은 머리를 겨우 들어 올리고,
부푼 입술에는 말라버린 숙취.
벌거숭이에게는
밤의 소굴로 되돌아가지 않을
인내력이 없다.

흑인 매춘부 같은 밤은
휴식을 위해
그늘 속에
누워볼
시간이 없다.——
굶주린 새날의
뜨겁게 달구어진 몸뚱이가
그녀에게로 기어 올라왔다.
지붕들 사이에 꽉 끼어 있는
한 줌의 별이여
소리쳐라!

깜짝 놀라게 물러서라, 밤-수도승이여!
자 가자!
코카인의 이빨이 갉아먹은
암컷의 콧구멍을
부풀게 하자!

제2부

이것은 어느 가을에 일어났던 일이다.
모든 것이
금방이라도 타버릴 듯
말라 있었다.
미치광이 예술가인
태양이 날뛰며
먼지투성이 사람들을 오렌지색으로 물들였다.

어디선가
땅 위로 소문이 불쑥 솟아났다.
조용히.
발끝으로 배회한다.

그들의 속삭임은 가슴속 불안을 없애주었다.

두개골 아래
공포는
붉은 손으로
생각을 밝히고, 밝히고 또 밝혀
참을 수 없을 만큼 분명해졌다.
만일 사람들을 중대 단위로 징집하지 못하고
사람들의 정맥을 잘라내지 않는다면——
전염된 땅은
홀로 죽어가게 되리——
파리,
베를린
빈이 숨을 거두리라!

어째서 지나치게 동정적이 되었나?!
흐느껴 울기에는 너무 늦었다!
후회는 진작 했어야 했다!
수천 명의 의사들 손에
랜싯 대신
병기고 무기가 지급되었다.

이탈리아!
왕에게도
이발사에게도

그 어디에도 네가 숨을 곳이 없다는 것은
분명하다!
오늘 이미
독일군이 베네치아 상공을
유유히 날고 있다!

독일!
사상,
박물관,
책을
넓게 벌어진 총구 속으로 처넣으시오.
붉은 노을이 뻔뻔스럽게 입을 벌리고 있다!
대학생들이여
칸트[79]를 타고 질주해라!
칼을 입에 물어라!
칼을 뽑아라!

러시아!
약탈자 아시아의 폭염이 식겠는가?!
핏속에는 거대한 군중처럼 염원이 들끓고 있다.
성경 밑으로 숨어버린 톨스토이들을 끌어내라!
연약한 다리를!
얼굴을 바닥에 내리쳐라!

프랑스!
대로에서 사랑의 속삭임을 몰아내라!
새로운 춤으로 젊은이들을 사로잡아라!
듣고 있소, 상냥한 이여?
기관총의 선율에 맞춰 불지르고 강간한다면
얼마나 즐거울까!

영국!
터키!……
콰-아-앙!
이게 뭔가?
들었지!
걱정 마시오!
별일 아니오!
지구!
지구의 머리칼을 따라 무엇이 움직이는지
보입니까?
참호들이 지구의 이마에 주름을 새겼다!
쯔-쯔-쯔-쯔-쯔-쯔……——
굉음.
북소리, 음악인가?
정말?
이게 음악

바로 그것이란 말인가?
그렇소!
시작.

제3부

네로!
안녕!
엄청나게 큰 극장용 구경거리를
원하십니까?

오늘
열여섯 명의 엄선된 검투사들이
국가 대 국가로
싸운다.

지금 일어날
이것에 비하면
카이사르의 살육의 전설도 보잘것없는 것!
어린아이 얼굴에 떠오른 홍조처럼
가장 기괴한 과장도
부드러울 따름.

다람쥐처럼 당신은 웃음의 쳇바퀴를 빙빙 돌 것이다
당신의 시체가 다음 일을 알게 될 때,
오늘
세계는
전부 다 콜로세움,
온 바다의 파도가
그곳에 벨벳을 깔았다.

관람석은 바위,
그리고 바위 위 그곳에서,
싸움이 바위의 이를 분지른 듯,
드높은 성당들은
마치 해골처럼
다 타버린 채
난간들에 둘러싸여 있다.

오늘, 지상의 대머리 위에서
군중의 불평을 붉은 놀 같은 피로 물들이고,
샹들리에처럼 불붙기 시작한 전 유럽이
하늘에
매달려 있다.

그들이 왔다,

무시무시한 옷차림을 한
손님들이
지상의 계곡들로 흩어졌다.
긴 목에 걸려 있는 포탄 목걸이가
음울한 연주를 하고 있다.

슬라브인들의 황금.
헝가리인의 검은 콧수염.
흑인들의 꿰뚫을 수 없는 그을음.
지구 표면에 그어진 위도의 칸을
머리에서 발끝까지 유럽이 가득 채웠다.
그리고 알프스 산맥이
일몰의 온기 속에서
뺨에 붙은 얼음을 어루만지는
그곳에서는,——
구름의 회랑처럼
형안(炯眼)의 비행사들이 눈을 부릅뜨고 있다.

그리고
전사들이
경기장에
퍼레이드 대형으로
들어오고,

극장에 의해 배가된, 수십 억 군인들의 굉음과 우렛소리가
멀리서 울려 퍼질 때,——
지구는 양 극점을 꽉 쥐고
기다림 속에 얼어붙었다.
백발의 대양들은
해안을 벗어나
흐릿한 눈으로 그 경기장을 뚫어져라 바라보았다.
불타는 통로를 따라
준엄하고
영원한 중재자
태양이 내려왔다.
호기심으로 변색된
별들의 눈동자는 자신의 궤도를 벗어나기 시작했다.

시간이 느릿느릿
게으르게 움직인다.
피비린내 나는 게임의 시작을 향해,
마치 성교할 때처럼 긴장된
숨 막히는 순간에서 멈춰버렸다.

갑자기——
시간이 산산조각 났다.
경기장은 연기의 혼란 속에서 무너졌다.

하늘은 지척을 분간할 수 없게 되었다.
시간은 점점 더 빨라졌고——
폭발했으며,
울부짖다가,
파열되었다.
피비린내 나는 거센 파도의 포말처럼
사격은 점점 거세어졌다.

전진!

사단의 가슴은 외침 소리에 전율했다.
전진!
거품 문 입.
그들 군기(軍旗)에 새겨진 성 게오르기[80]
북소리.

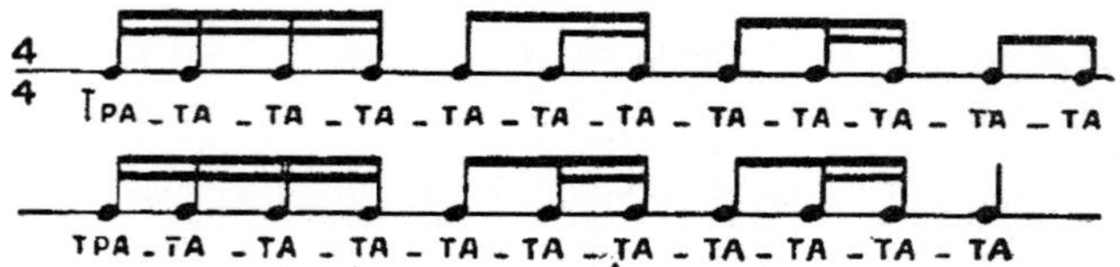

소도구사!
영구차 준비해!
때 지은 미망인들 속으로!
아직 거기에 몇 명의 미망인들이 있다.
그리고 무엇보다 기괴한,
사실들의 불꽃이
하늘 높이
날아올랐다.

눈을 부릅뜬 채
등대는
대양 너머의
불행 때문에 흐느낀다.
대양에서는
군함들이 수뢰 때문에
말뚝에 박힌 듯 오그라들었다.

단테의 지옥보다 더한 악몽 속에서
천둥소리는 대포의 숨을 끊어놓는다.
조프르[81]는 마른[82]에서
파리를 염려하며
마지막 포탄으로 적을 물리쳤다.

남쪽
콘스탄티노플은
회교 사원들을 위협적으로 보여주면서
희생자들을
보스포루스 해협으로
토해냈다.
파도여!
성스러운 빵 부스러기를 씹는 데 열중하는
그들을 노려라.

숲.
어떤 소리도 들리지 않는다.
심지어 일부러 그렇게 한 듯
적막하다.
우리와 숲이 한데 뒤섞였다.
그리고 오로지
까마귀들과 밤만이
검은 법의를 걸친 수도사의 행렬처럼
지나가고 있을 뿐이다.

또다시,
총알에 노출된 가슴으로
그들은 간신히 겨울을 빠져나와

봄을 따라 부유하며
큰 무리로
줄지어
수천 마일의 땅에 쇄도하고 있다.

타오르기 시작했다.
잡목 숲에서 새로운 숲이 생겨났다.
초지 경계 부근 오각별 모양의 포화.
유자(有刺) 철선의 번개가
석탄처럼 타버린 숲을 집어삼켰다.

포대는 하얗게 될 때까지 달궈졌다.
도시와 농촌의 시체들 위를 넘나든다.
철판 깐 낯으로 모든 것을
먹어치운다.

뇌신(雷神)이여!
어디에도 징벌할 죄가 없단 말입니까?
난 로켓을 타고,
하늘로 날아 올라갈 것이다——
붉게 물든 지평선 위
그 하늘에도
붉은

페구[83]의 피가 물들어 있다.

땅도,
물도,
공기도 갈기갈기 찢겼다.
어디로 급한 발길을 돌려야 하는가?
이미 미쳐버리고,
이미 애달픔에 파헤쳐진
내 영혼은 간원한다.

"전쟁!
이젠 충분하다!
그것을 끝내라!
이미 이 지상은 황폐하다."
쫓겨 도망치다 죽은 자들은 내동댕이쳐졌고,
또
잠시
머리 없이 굴러다녔다.

이 모든 것 위로
악마는
붉은 하품을 피워낸다.
무수한 별자리 같은 기찻길 위에

멈춰 있는 이것은
화약 공장으로 빛나는
베를린의 하늘.

그 누구도 알지 못한다,
이 땅에서
대지의 잔에 방울방울 모아,
전쟁에게 처음으로 피를 바쳤던 것이
며칠 혹은
몇 년 전인지.

돌
진창
초가집
그 모든 것이
하나같이 인간의 피로 흠뻑 젖었다.
도처에
한결같이 질척거리는 소리를 내며
연기 피어오르는 세계의 진창을 걸어가는
발걸음들.

로스토프에서
한 노동자가

휴일 날
사모바르에 물을
채워 넣으려다가——
움찔했다.
모든 수도꼭지에서
불그스름하고 걸쭉한 액체가 흘러나왔다.

전신국의 모스 전신기는 녹초가 될 지경이었다.
그들은 젊은이들에 관해 각 도시로 외쳤다.
어딘가
바간코보[84] 묘지에서
산역꾼이 일을 시작했고,
음산한 뮌헨에서는 횃불 든 사람들이 움직였다.

뒤틀린 연대의 커다란 상처 속으로
탐조등이 달궈진 앞발을 찔러 넣었다.
한 사람을 들어 올려
참호 속으로 던져버렸다
칼 위로
그 사람을!
성직자 복장을 한
성서에 나옴직한 얼굴이
참호에서 기어 나왔다.

"기억하십시오!
우리를!
본디오 빌라도의 시대에!"
그러나 일제 사격이
그 사람의 몸뚱이와 옷을
갈기갈기 찢어버렸다.

연기에서 수백 개의 머리가 뽑혀 나갔다.
눈물 젖은 눈을 그들에게 보이지 마라!
가스가
앞을 가렸다.

영혼에서 흰 날개가 자라났고,
포성 속에서 군인들의 신음 소리가 들려왔다.
"너는 하늘로 날아간다,——
목 졸라 죽여라,
목 졸라 죽여 그를,

승리자를."

가슴은 불규칙하게 뛰었다……
농담이 아니다!
신의 집으로 가는 것!
구름으로 장갑한 천국의 문을
나는 개머리판으로 깨부순다.

천사들이 벌벌 떤다.
심지어 그들은 가엾기까지 하다.
깃털보다 더 창백한 얼굴.
어디 있는가——
신들은!
"도망쳤다,
모두들 도망쳤다,
사바오프[85])도
부처도
알라도
여호와도."

쾅 소리.
신음 소리.
한탄 소리.
그러나 이미 예전의 포성은 아니다.——
조금 더 울리다가
이내 잠잠해졌다.
백기를 들고 기어 나와,
간원한다.
——그만 하시오!——

그 누구도 바라지 않았다.
조국의
예정된 승리를,
팔 없는 사람에게 피비린내 나는 정찬의 찌꺼기가
도대체 무슨 소용이란 말인가?!

마지막 시체에 총검이 꽂혔다.
우리는 코브노로 후퇴했다.
좁은 간격으로
잘게 썰린 사람 고기가 즐비하게 널려 있었다.

그리고 쓰러진 자 모두
침묵 속에 빠져들고,

모든 대대가
궤멸하자
죽음이 뛰쳐나와
해골 발레단의 코 없는 탈리오니[86)]가
시체 위에서 춤추기 시작했다.

그녀는 춤을 춘다.
콧바람은
털모자를 살짝 흔들고,
죽은 자의 머리카락 두 가닥을 살랑거리게 했다.
그리고 계속해서
악취가 풍겼다.

닷새 동안
머리에 관통상을 입은 기차들이
굽이굽이 느릿느릿 달려간다.
불결한 차량 안엔
사십 명의 사람들
그러나 다리는 네 개뿐.

제4부

에이!
당신들!
희열에 찬 눈을 사그라뜨리시오!
두 손을 보트 모양으로 하고 주머니 속에 찔러 넣으시오!
이것이
종이와 잉크에서 짜낸 것에 대한
적절한 보상이다.

그러나 무엇 때문에 나에게 박수를 보내는가?
나는 아무것도 하지 않았다.

생각해보시오.
그는 거짓말을 하고 있소!
그 어디에서도 총성은 들리지 않소.
만일 북소리가
운이 맞춰진 그의 욕지거리 시에
박수갈채를 보낸다면
온전한 관자놀이의 맥박을 진정시키지 마시오.

여러분!
이해하십니까?

어떤 사람은 고통을 참고
그것을 점점 더 키웁니다.
창에 찔려 온통 구멍 난 가슴,
가스로 잔뜩 일그러진 얼굴,
대포에 의해 모두 파괴된
　　　　　　　　　　머리-요새.
이것이 내가 쓴 사행시들입니다.

그러한 까닭으로
전쟁은 나를 육체의 제방으로
끌어올리지 않았다,
비애에 찬 내가
혐오의 눈물을 흘리도록 하려고.
저질러진 모든 일의 엄청난 무게에
짓눌린 나는
그 어떠한 "아름다움"도 없이
고개를 떨군다.

그들은 살해되었다——
그리고 내게는 마찬가지다——
나와 그 중에서 누가 그들을
죽였든지 간에.
형제의 무덤 속에서,

내 가슴 깊은 곳에서,
벌레들 때문에 잠시 꿈틀거렸던
수백만의 죽은 사람이
누워
썩어가고 있다!

아니다!
시를 통해서가 아니다!
말하는 것보다
차라리 내 혀를
매듭 묶는 게 낫다.
이것을
시로 말할 수는 없다.
시인의 소중한 혀로
불타는 풍로를 핥겠다는 말인가!

이것을!
나의 손에!
보시오!
당신들에게 이것은 수금(竪琴)이 아니오!
회한에 사무친 나는
가슴이 찢어지고
핏줄이 터질 지경이오!

찬사의 죽에다 당신의 손바닥을 반죽해 넣지 마시오!
안 되오!
반죽해 넣지 마시오!
무너져라, 안락한 보금자리여!
보시오,
발밑의 돌을.
나는 형장 위에 서 있소.
마지막 한 모금
대기를 삼키면서……

참수된 나는 피 흘릴 것이오
하지만 그 피로 지워버릴 것이오
인간에게 낙인 찍혀 있는
"살인자"라는 이름을.
들으시오!
눈먼 귀신처럼
시간이 소리친다.
"들어 올리시오,
들어 올려
시대의 눈꺼풀을!"

우주는 개화할 것이다,
즐겁고,

새롭게.
거기에 의미 없는 거짓말을 없애기 위해
나는 고백한다.
나
혼자 죄인이라고
깨어진 삶의 점점 더 커지는 파괴 소리에 대해!

들립니까——
태양이 첫 번째 광선을 나누어 줄 때,
일을 마치고
어디로 갈지
아직 알지 못하면서——
그것은 나
마야콥스키다.
머리 없는 어린애를
인형의 단(壇)으로
데려온 사람.

용서하시오!

송곳니로 기독교도를
물고
사자들은 드높이 포효했다.

당신은 그게 네로였다고 생각하시오?
그것은 나,
마야콥스키
블라디미르요
술 취한 눈으로 서커스를 바라보았던.

나를 용서하시오!

주는 부활하셨도다.
당신은
하나의 사랑으로
입술과 입술을 결합시켰다.
마야콥스키는
세비야[87]의 지하실에서
이교도들의
관절을 고문 형틀로 뒤틀고 있었다.

용서하시오,
나를 용서하시오!

시대여!
세월의 오두막집에서 기어 나오라!
아직도

무엇을 더 밝히겠다는 건가?
매 세기마다 연기의 꼬리처럼 나는 질질 끌고 간다
마치 깃털처럼 불타는 전투를!

내가 왔다.

오늘
독일인도
러시아인도
터키인도 아닌
나
자신이
살아 있는 세계의 가죽을 벗기면서
세계의 고기를 먹어치운다.
시체 같은 대륙들은 총검으로.
도시들은 점토 더미.

피를!
너의 강에서 쏟아내라
비록 나의 무고한
피 한 방울이라도!

아니다 그것은!

이
포로의
도려내버린 두 눈은
내가 찍은 낙인.
인사하느라 무릎이 망가진
나는
굶주림 때문에 독일 땅을 갉아먹었다.

어두운 구멍에서 늑대처럼 털을 곤두세우며
나는 붉은 불의 머리채를 흔든다.
여러분!
친애하는 여러분!
제발
제발
나를 용서해주시오!

아니,
나는 슬픔으로 일그러진 얼굴을 들지 않을 것이다!
누구보다도 죄 많은
나는
참회의 의미로
깨질 때까지 내 이마를 부딪칠 것이다!

일어나시오,
거짓으로 쓰러져 있는,
전쟁에 의해 산산조각 난
모든 시대의 불구자들이여!
기뻐하시오!
홀로 남겨진 식인종
그 자신만이 회개한다!

아니오,
이것은 수형자가 꾸며낸 간교가 아니오!
가령 내가 단두대에서 잘려 나간 부위들을 모으지 않는다
할지라도,——
어쨌든
나는 내 전부를 떨어냈고,
새날의 축복을
홀로 받을 가치가 있다.

머리가 잘린 나는 피를 흘릴 것이다,
그리고 아무도 없을 것이다——
인간을 괴롭힐 그 어떤 자도 사라지게 될 것이다.
사람들이 태어날 것이다,
신(神) 그 자신보다도 더 동정심 있고 훌륭한,
진정한 사람들이

제5부

그러나 아마도,
더 이상
시간이라는 카멜레온에게는
어떠한 색깔도 남아 있지 않은 것 같다.
또다시 경련을 일으키고
드러누울 것이다
숨도 쉬지 않고 모나게.
아마도,
연기와 전투에 취한
지구는 결코 머리를 들어 올리지 못할 것이다.

아마도……

아니다,
그럴 수 없다!
언젠가 사고의 혼란이 유리처럼 투명해지고,
몸뚱이에서 붉은 피가 뿜어져 나오는 것을 보게 될 것이다.
곤두선 머리카락 위로 두 손을 구부리고
신음할 것이다.
"하느님 맙소사,
내가 무슨 짓을 했나!"

아니다,
그럴 수 없다!
가슴,
절망의 퇴적물을 타도하라.
먼 훗날 행복을 더듬어 찾으라.
자,
원하신다면,
오른쪽 눈에서
꽃이 만발한 숲 전체를
꺼낼까요.
새들의 이상한 생각을 파헤쳐보십시오.
머리,
늠름하고 당당하게 들으라.
나의 뇌는
즐겁고 지적인 건축가,
도시를 세우라!

아직도 악의에 차
이를 악무는
모든 사람들에게
내가 간다
새벽노을 눈동자가 빛날 때.
지구여,

일어나라
노을빛 옷으로 꾸민
수천의 나사로[88]와 같이!

그리고 기쁨,
희열!——
연기를 뚫고
밝은 얼굴들을
나는 본다.
여기서,
생기 잃은 눈을 살짝 뜨고
첫 번째로
갈리치야가 약간 일어났다.
누더기가 된 옆구리를 풀로 감싸고.

대포의 무거운 짐들을 던져버리고,
피투성이 백발로 하늘로 사라진 뒤
굽은 것들이 펴졌다,
알프스 산맥,
발칸 반도,
카프카스,
카르파티아 산맥.

그리고 그것들 위로
더 높이——
두 거인이 있다.
황금빛의 한 거인이 일어서서
간청한다.
"좀더 가까이 와!
폭발로 파헤쳐진 이 구멍으로부터 내가 네게로 갈 수 있게."
라인 강은
수뢰정에 의해 잘려 나간 도나우 강 머리를
젖은 입술로 핥는다.

중국의 만리장성으로 도망간 "이주자 부락"까지
페르시아가 잃어버린 사막까지
모든 도시가
아우성치며
죽음을 내던지고
이제는 빛난다.

속삭임.
온 땅이
검은 입술을 열었다.
더 우렁차게.
폭풍의 울부짖음처럼

끓어오른다.
"맹세하시오,
이제 더 이상 아무도 죽이지 마시오!"
죽은 뼈들이 무덤에서 일어나
육신의 옷을 입는다.

잘린 다리가
주인을
찾고
떨어져 나간 머리가 이름을 부르는 것이
가능한 일이겠는가?
저기 봐
그루터기 같은 두개골 위로
머리 가죽이 뛰어오르고
두 다리는 아래로 뛰어 들어가
살아 움직이게 되었다.

대양과 바다의 밑바닥에서
돛의 활대 위로
되살아난 익사자의 침전물이 떠올랐다.
태양!
너의 두 손으로 그들을 덥히고
광선의 혀로 그 눈을 핥아라!

나이 든 너의 얼굴에
시간이
미소 짓는다!
우리는 건강하고 온전하게 가족에게로 돌아갈 것이다!
그때
러시아인 위로
불가리아인 위로
독일인 위로
유태인 위로
모든 사람들 위로
창공을 따라
붉게 물든 노을에서
층층이
칠천 가지의 빛깔이
수천의 다양한 무지개에서 빛나기 시작했다.

한 무리의 민중 위로
흩어진 패거리 위로
깜짝 놀란 듯한
"아아!……" 하는 메아리가
울려 퍼졌다.
안데르센의 동화가
새끼인 양 그의 발밑을 기어 다니는

그날이 활짝 열렸다.

그렇지만 황혼녘 어두운 길을 더듬거리며
찾아갈 수 있었다는 사실은
믿기 어려운 일.
오늘
어린 소녀의
자그마한 손톱 위에
예전에 전 지구를 비추던 것보다
더 큰 태양이 있다.

커다란 눈으로 지구를 둘러보는
사람.
그가 성장하여
머리가 산 정상에 이르렀다.
자유라는
새 옷을 입은
소년은
제법 위엄 있게 보였으며
심지어 그 자부심 때문에 우스꽝스럽기조차 했다.

속죄의 드라마를 기억하기 위해
성찬을 들고 나오는

성직자처럼
모든 나라가
자신의 선물을 가지고 인간에게로 왔다.

"받으세요."

"무한한 미국의 힘을 그대에게 가져다준다,
기계의 힘이여!"

"나폴리의 따뜻한 밤을 선물한다
이탈리아여.
타는 듯 햇볕이 내리쬘 때,
종려나무 부채로 부채질하라."

"북쪽의 추위에 얼어버린 사람
그대에게 아프리카의 태양을!"

"태양에 타버린 아프리카,
그대에게
눈과 더불어 티베트가
산에서 내려왔다!"

"세계에서 가장 아름다운 여인

프랑스는
입술을 붉게 칠했다."

"그리스는
꾸밈없는 젊은 육체로 가장 훌륭하다."

"누구의 힘 있는 목소리가
낭랑하게 노래 속에 뒤섞였는가?!
러시아는
자신의 가슴을
타오르는 국가(國歌) 속에서 열어젖혔다!"

"사람들이여,
독일은
수세기에 걸쳐 연마해온
생각이 있다."

"땅속까지
온통 금으로 가득 찬
인도가
여러분에게 선물을 가져왔다!"

"기뻐하라, 인간이여

영원히 살고, 기뻐하라!
지상에 살아 있는
모든 사람들에게
영광
영광
영광이!"

감동의 도가니!
그리고 나 역시 여기에.
거대하고
굼뜬 나는
조심스럽게 지나간다.
셀 수 없이 많은 내 영혼들 중에서
가장 빛나는
나는 오 얼마나 훌륭한가!

나는 축하하는 사람들과
축제를 즐기는 사람들을 지나간다.
——젠장,
너 진정 좀 할 수 없겠어!——
여기서 그녀가
내게로 온다.

"안녕, 사랑하는 이여!"

황금빛
고수머리
한 올 한 올을 나는 애무한다.
오, 어느 남쪽 지방의
바람이
매장된 내 영혼으로 하여금 이 기적을 행하도록 했는가?
두 개의 초원,
너의 그 두 눈은 개화한다!
즐거운 어린아이인 나는
그것들 속에서 뛰어논다.

그리고 주위엔!
웃음소리.
깃발들.
수백 가지 형형색색.
옆을 지나간다!
도약 준비
수천 명.
처음부터 끝까지.
달려서.
모든 젊은이가 마리네티[89]의 화약을 갖고 있으며

모든 노인은 위고의 지혜를 갖고 있다.

어떤 입술도 수도(首都)들이 짓는 미소에는 충분하지 않다.
모두가
집 안에서
광장으로
밖으로!
은으로 된 공처럼
수도에서 수도로
즐거움과
웃음,
환호를 펼친다!

사람들은 이해하지 못한다——
이것이 공기인지,
꽃인지,
새인지!
노래도 하고
향기를 내뿜기도 하며
즉시 화려한 모양을 낸다.——
그러나 이 때문에
얼굴은 모닥불처럼 새빨갛게 타올랐고
이성은 가장 달콤한 포도주처럼 취했다.

그리고 오로지 사람들만이
얼굴로 즐거움을
드러내는 것이 아니다.
짐승들도 맵시 있게 털을 감아올린다.
어제 사나워진
바다들은
으르렁거리며
인간의 다리 옆에 누웠다.

믿지 마시오.
죽음을 뱉어내고,
그것들이 부유했다는 사실을.
화약을 영원히 잊어버린
전함들이
선창(船倉)에
온갖 종류의 잡동사니들을 싣고
조용한 항구로 들어왔다.

누가 목욕통처럼 생긴 이 대포를 무서워할까?
이
온순한 것들이
정말 폭발하겠는가?
이것들은

집 앞
작은 초지에서
평화롭게 풀이나 뜯고 있다.

보시오,
농담도
풍자의 웃음도 아니오
대낮에
조용히
둘씩 짝지은
싸움꾼 황제들이
유모의 감독하에 산책하고 있다.

지구여
어디에서 이러한 사랑이 우리에게 왔는가?
상상해보라——
저기
나무 밑에서
카인과
바둑을 두고 있는 그리스도를
바라보는 것을.

보이지 않는가,

실눈을 뜨고 찾고 있는가?
조그마한 그 눈은 두 개의 작은 틈.
더 크게 뜨라!
바라보라
내 두 눈을——
모두에게 열려 있는 사원의 문을.

사랑받는,
사랑받지 못하는,
알고 있는,
알지 못하는,
사람들이여!
그 문을 통해 한꺼번에 우르르 몰려나오시오.
그리고 그가,
목청껏 내가 외쳤던
자유로운
인간——
그가 올 것이오,
나를 믿으시오
믿으시오!

(1915~1916년)

제 3 장

선언문

대중의 취향에 따귀를 때려라

우리가 처음 쓴 새롭고 예상치 못한 글을 읽는 독자들에게.

오직 우리만이 이 시대의 얼굴이다. 시간의 뿔피리는 우리를 통해 언어 예술 속에서 울려 퍼진다.

과거는 갑갑하다. 아카데미와 푸시킨은 상형 문자보다 더 이해하기 힘들다. 푸시킨, 도스토옙스키, 톨스토이 등을 현대라는 기선에서 던져버려라.

자신의 첫사랑을 잊지 못하는 사람은 자신의 마지막 사랑을 알지 못할 것이다.[90] 대체 누가 자신의 마지막 사랑을 발몬트[91]의 향수 냄새 풍기는 음란함에게 바치겠는가? 그것이 오늘날 강직한 영혼의 반영이란 말인가?

대체 어떤 무기력한 자가 용사 브류소프[92]의 검은 연미복에서 종이 갑옷을 찢어내는 것을 두려워할까? 혹 알려지지 않은 아름다운 새벽 노을이 그것에서 빛나기라도 한단 말인가?

셀 수도 없이 많은 레오니드 안드레예프[93]들이 쓴 책들의 더러운 점액이 묻은 당신들의 두 손을 씻으라.

막심 고리키,[94] 쿠프린,[95] 블로크,[96] 솔로구프,[97] 레미조프,[98] 아베르첸코,[99] 초르니,[100] 쿠즈민,[101] 부닌[102] 등 이 모든 이들에게는 오직 강변의 별장만이 필요할 뿐이다. 운명은 재봉사에게 그런 상을 준다.

우리는 마천루의 높이에 올라 보잘것없는 그들을 내려다본다!……

우리는 다음과 같은 시인의 권리를 존중해줄 것을 명령한다.

1. 독단적이고 자유로운 파생어로 시인 자신의 어휘 범위를 확장시킬 권리(새로운 말).

2. 그들 시대 이전까지 존재해온 언어에 대한 참을 수 없는 증오의 권리.

3. 당신들이 목욕탕 회초리로 만든 보잘것없는 명예의 화관을 자신의 오만한 이마에서 혐오스럽게 떼어내 버릴 권리.

4. 비난과 분노의 바다 한가운데서 "우리"라는 말의 바위 덩어리 위에 서 있을 권리.

그리고 만일 당분간 우리의 문장 속에 당신들의 "상식"과 "좋은 취향"의 더러운 흔적이 남아 있다면, 그 모든 것들은 이미 자기 충족적인(자족적인) 말의 새롭고 아름다운 미래의 여름 번갯불과 함께 가장 먼저 명멸할 것이다.

다비드 부를류크,[103] 알렉산드르 크루초니흐,[104] 블라디미르 마야콥스키, 빅토르 흘레브니코프[105]

(1912년 12월 모스크바)

판관의 덫 II

《판관의 덫》 제1호에서 생생하게 표현된 아래의 서술 원칙을 발견하고 과거에 오로지 메트첼과 코[106]의 의미 속에서만 저명하고 훌륭했던 미래주의자들에게 자극을 주고 난 후, ──우리는 그럼에도 불구하고, 우리가 이 길을 통과한 것으로 생각한다. 더 이상 새로운 임무를 갖고 있지 않은 사람들에게 이것을 마무리하도록 하고, 우리는 이미 우리 앞에 제기된 새로운 과업에 대중적 관심을 집중시키기 위해 정자법의 독특한 형식을 사용한다.

우리는 우리 자신에게 명백한 새로운 창작의 원칙들을 다음과 같은 순서로 처음 제기한다.

1. 우리는, 문자들 속에서 오직 발화의 방향만을 보기 시작한 이후, 문법 규칙에 따른 어휘의 형성과 어휘 발음에 대한 고려를 그만두었다. 우리는 통사론을 뒤흔들어놓았다.

2. 우리는 어휘의 시각적, 음성적 특성에 따라 내용을 부여하기 시작했다.

3. 우리에 의해서 접두사와 접미사의 역할이 완전하게 인식되었다.

4. 우리는 개인적인 변덕의 자유라는 이름으로 정자법을 거부한다.

5. 우리는 형용사(주로 우리 이전에 만들어진)뿐만 아니라 다른 품사들 및 개별 문자와 숫자들을 가지고 명사의 특징을 나타낸다.[107]

a) 작품의 가필정정(加筆訂正)과 창조적 기대를 보여주는 장식 그림을 작품의 분리될 수 없는 일부로 간주하면서.

b) 필적을 시적 충동의 요소로 고려하면서.

c) 따라서 우리는 모스크바에서 "손으로 쓴"(자필의) 책[108]들을 출판했다.

6. 우리는 구두점을 없애버렸다. 이것은 언어 대중의 역할을 처음으로 제기하고 의식하게 했다.

7. 우리는 모음을 시간과 공간(지향의 특성)으로 이해하며, 자음은 색깔, 소리, 냄새로 이해한다.

8. 우리는 리듬을 파괴했다. 흘레브니코프는 생생한 구어의 시적 운율을 이끌어냈다. 우리는 교과서 속에서 운율 찾기를 그만두었다. 어느 움직임이나 다 시인에게 새롭고 자유로운 리듬을 생성시켜준다.

9. 전면운(前面韻)(다비드 부를류크), 중간운, 역운(逆韻)(블라디미르 마야콥스키)은 우리에 의해 연마되었다.

10. 시인의 풍부한 어휘 목록은 그것을 정당화한다.

11. 우리는 말〔言〕을 신화 창조자로 간주한다. 말은 죽어가면서 신화를 탄생시키고 그 역도 마찬가지다.

12. 우리는 새로운 주제에 사로잡혀 있다. 우리는 불필요함, 무의미함, 힘 있는 하찮음의 비밀을 찬양한다.

13. 우리는 명예를 경멸한다. 우리는 우리 이전에는 태어나지 않았던 감정을 알고 있다.

우리는 새로운 생명의 새 사람들이다.

다비드 부를류크, 옐레나 구로,[109] 니콜라이 부를류크,[110] 블라디미르 마야콥스키, 예카테리나 니젠,[111] 빅토르 흘레브니코프, 베네딕트 리브시츠,[112] 알렉산드르 크루초니흐

(1913년)

악마에게로 꺼져라!

당신들의 시대는 우리의 첫 번째 책이 발간된 날 지나가버렸다. 《대중의 취향에 따귀를 때려라》, 《우렁차게 끓는 입방체》,[113] 《판관의 덫》 등.

새로운 시의 출현은 탱고[114]를 추는 푸시킨의 흰 대리석상과 같은, 러시아 문학의 아직도 기어 다니고 있는 별 볼일 없는 늙은이들에게 영향을 주었다.

상업화에 물든 늙은이들은 이전에 자신들이 멍청하게 만들었던 대중의 새로운 가치를 어렴풋하게 추측하고는 "습관대로" 우리를 돈주머니를 통해 바라본다.

K. 추콥스키[115](또한 바보는 아니다!)는 잘 팔리는 상품을 장이 서는 모든 도시로 배달했다.[116] 크루초니흐, 부를류크 형제, 흘레브니코프 등의 이름을……

Ф. 솔로구프는 자신의 벗겨진 재능을 덮기 위해 I. 세베랴닌[117]의 모자를 움켜쥐었다.[118]

바실리 브류소프[119]는 마야콥스키와 리브시츠의 시를 《러

시아 사상》[120]의 지면을 통해 습관적으로 씹어댔다.[121]

그만 해라, 바샤, 그것은 코르크 마개가 아니다!……

나중에 늙은이들이 뮤즈와의 교제를 위해 우리의 오만한 시의 불꽃으로부터 전기(電氣)-허리띠를 서둘러 자신에게 꿰매려고 우리의 머리를 쓰다듬지 않을까?……

이 사람들은 전에 일정한 직업이 없는 젊은이들을 문학에 전념하도록 만들고, 그들의 찌푸린 얼굴만을 내보이도록 부추겼다. 바람이 쌩쌩 불었던 "시의 다락방",[122] "페테르부르크 포고자"[123] 등.

그리고 그들 옆에서 가르마를 탄 아담의 일당[124] 구밀료프,[125] S. 마콥스키,[126] S. 고로데츠키,[127] 파스트[128] 등이 기어 나왔다. 그들은 아크메이즘과 아폴로니즘[129]의 간판을 툴라의 사모바르와 장난감 사자에 대한 한물간 노래에 붙이려고 시도했고, 그런 다음 그들은 이미 확고해진 미래주의자들 주변에서 화려한 원무를 추기 시작했다……[130]

오늘 우리는 다음을 천명하면서 우리의 이빨에 끼어 있는 과거를 내뱉는다.

1) **모든 미래주의자들은 오직 우리 그룹에 의해서만 통일된다.**[131]

2) **우리는 우리의 우연한 별명인 에고와 쿠보를 던져버렸고, 미래주의자들의 단일한 문학 동아리로 통일되었다.**

다비드 부를류크, 알렉세이 크루초니흐, 베네딕트 리브시츠, 블라디미르 마야콥스키, 이고리 세베랴닌, 빅토르 흘레브

니코프

(1914년)

우리 역시 고기를 원한다!

병사들이여, 나는 당신들을 질투한다!

당신들은 운이 좋다!

여기 칠이 벗겨진 벽에 사람의 뇌 조각으로 만들어진 다섯 손가락의 유산탄 자국이 나 있다. 수백 명의 잘린 머리를 우둔한 전쟁터에 박아놓다니 얼마나 영리한가.

암, 물론 그렇지요, 당신들에게 삶이란 보다 흥미로운 것!

당신들은 푸시킨에게 빚지고 있는 이십 코페이카와 어째서 야블로놉스키[132)]가 기사를 쓰는지에 대해 생각할 필요가 없다.

그러나 이것이 요점은 아니다!

시, 시, 수많은 시들(이것은 어제였다).

수많은 시인의 다리들이 현관에서 즐겁게 이리저리 움직이기 시작했다, 그러나……

마야콥스키가 들어왔다——

그런데 어째서 많은 사람들은 성 구별이 안 되는 쇠약한 어린 뮤즈들을 겁에 질려 감추는가?

함께 설명해보자.

사람들이 나를 두고 미래주의자라고 말하는가?

미래주의자란 무엇인가? 나도 알지 못한다. 결코 들어본 적도 없다.

그러한 것은 존재하지도 않았다.

당신들은 이 이야기를 크리티카[133] 양에게서 들었다. 내가 "그녀"를 보여주겠다!

당신들은 "삼각형"이라 불리는 질 좋은 방수 덧신이 있다는 것을 알고 있다.

하지만 단 한 사람의 비평가도 이 방수 덧신을 신지 않을 것이다.

명칭이 그들을 위협한다.

그들은 방수 덧신이 긴 달걀 모양이어야 한다고 설명할 것이다, 그러나 여기에는 "삼각형"이라고 씌어 있다. 바로 이것이 발을 꽉 끼게 할 것이다.

미래파란 무엇인가——이것은 "삼각형"과 같은 상표다.

이러한 상표 아래 다음의 시행들을 수놓았던 사람조차도 연기를 한다.

> 어제 나는 읽고 있었다, 투르게네프가
> 한 번 더 나를 매혹시켰다.[134]

또한 광적인 의식 상태의 신비주의 신도처럼 소리 지르는 사람들 역시도,

Dyr, bul, shchyl……[135]

게다가 "미래파"라는 상표는 우리가 만든 것이 아니다. 우리의 첫 번째 책인《판관의 덫》,《대중의 취향에 따귀를 때려라》,《삼인의 성례기(聖禮記)》를 우리는 단순히 문학 동료의 선집으로 부른다.

우리를 미래주의자라고 명명한 것은 신문들이었다. 그러나 비방할 필요는 없다. 우스꽝스러울 뿐이다! 바빌라[136]가 "어째서 내가 예브게니가 아닌가?" 하고 소리치는 것과 무슨 차이가 있단 말인가?!

우리 젊은 시인들에게 미래파는 투우사의 붉은 망토다. 그것은 오로지 황소를 위해서만 필요한 것(불쌍한 황소들!――나는 그것들을 비평가와 비교했다).

나는 결코 스페인에 가본 적이 없다. 그러나 어떤 투우사도 자신에게 아침 인사를 하는 친구 앞에서 붉은 망토를 흔들 생각을 하지 않을 것이라고 생각한다. 우리 역시 어떤 마을에 사는 음유 시인의 선량한 얼굴에 못으로 간판을 박아 넣을 이유가 없다.

다음은 우리의 모든 시위 행진 앞에 세울 첫 번째 기치다.

"모든 창작은 자유다."

오시오!

우리는 모든 사람을 정당하게 만날 것이다. 오직 그들의 눈과 현실 사이에 아푸흐틴[137]의 살찐 모습이 어렴풋이 보이지만 않는다면, 오직 그들의 말이 "존경받을 만한" 어법에 좀먹지 않은, 깨끗한 것들이라면.

오늘날의 시는 투쟁의 시다.

모든 말은 군대의 병사와 같이 건강하고 붉은 고기로 만들어져야만 한다!

이것을 갖고 있는 자는 우리에게로 오라!

우리가 종종 불공정했더라도 그것이 어떻다는 말인가.

당신들이 탄 차가 추격하는 수백 명의 적을 뚫고 질주할 때, "아, 닭을 치었구나" 하고 감상적이 될 필요는 없다.

우리의 잔인함은 결코 삶에 굴하지 않고, 깃발을 지고 갈 힘을 우리에게 주었다.

말〔言〕들에서 말을 창조할 자유.

우리 이전까지 존재했던 언어에 대한 증오.

목욕탕의 한증용 회초리로 만든 하찮은 명예의 화관을 분노로 거부하라.

바람이 울부짖는 분노로 가득 찬 바다 한가운데서 "우리"라는 말의 바위 위에 서 있으라.

블라디미르 마야콥스키

(1914년)

타르 한 방울
―첫 번째 좋은 기회에 하게 될 연설

신사 숙녀 여러분!

올해는 죽음의 해입니다. 신문들은 거의 매일 너무 일찍 더 좋은 세상으로 떠나버린 존경받을 만한 누군가에 대해 과장된 슬픔으로 흐느끼고 있습니다. 팔 포인트 크기의, 매일 마르스 신[138]에 의해 살육된 수많은 이름들에 대해 장황한 애도곡으로 슬피 웁니다. 오늘날 얼마나 고상하고 금욕적이며 엄격한 신문들이 발행되고 있습니까! 부고의 검은 상복을 입고, 추도 기사의 수정 같은 눈물을 반짝이는 눈을 가진 신문들이. 이것이 바로 슬픔으로 고상해진 이러한 신문들이 내게 매우 가까운 죽음에 대해 아주 무례하고 즐겁게 떠들어대는 것을 보는 것이 웬일인지 특히 불쾌해지는 이유입니다. 무리 지은 비평가들이 활자화된 말의 길, 그 더러운 길을 따라 미래파의 관을 지고 갈 때 신문들은 몇 주 동안이나 나팔을 불었습니다. "호, 호, 호! 당연한 일이다! 치워버려라! 치워! 치워버려!……드디어 이루어졌다!"……(청중의 무서운 흥분. "죽었다고?……미래파가 죽었다고?……당신 농담하는 거지?").

네, 죽었습니다.

이미 일 년 동안 강당의 무대 위에서는 진리, 아름다움과 경찰서 사이에 위태롭게 걸려 있는 불타는 언어의 미래파 대신에, 코간-아이헨발드[139] 유형의 가장 지루한 노인들이 기어다니고 있습니다. 이미 일 년 동안 강당에서는 텅 빈 머리에 부딪혀 즐겁게 울리는 유리병 소리 대신 가장 지루한 논리와 사소한 진실의 증명이 판치고 있습니다.

여러분! 당신들은 정말로 붉은 머리를 한, 약간은 어리석고, 약간은 버릇없는, 그렇지만 항상, 오! 항상 용감하고 열정적인 이 이상한 젊은이가 불쌍하지 않습니까? 그러나 당신들이 어떻게 젊음을 이해할 수 있겠습니까? 우리가 소중히 여기는 젊은이들은 전쟁터에서 곧바로 돌아오지 않을 것입니다. 신문사와 그 밖의 다른 사무실에서 편한 일이나 하면서 남아 있는 바로 당신들, 무기를 휴대할 수 없는 꼽추 혹은 주름투성이 백발의, 낡은 자루인 당신들, 당신들의 일이란 러시아 예술의 운명이 아니라, 다른 세계로 가장 평온하게 옮겨 가는 것에 대해 궁리하는 것입니다. 그러나 당신들은 알고 있습니다, 비록 다른 이유 때문이지만 나 자신은 죽은 사람에 대해 그렇게 슬퍼하지 않습니다.

'대중의 취향에 따귀를 때려라' 라는 제목이 붙여졌던 러시아 미래파 최초의 화려한 출판물을 기억하십시오. 이러한 격렬한 격투에서 특히 다음의 세 가지 일격이 우리 선언문의 외침으로 기억되고 있습니다.

1) 영감을 얼려버리는 모든 규범 결빙기를 파괴하라.

2) 삶의 도약을 따라잡을 힘이 없는 낡은 언어를 파괴하라.

3) 현대라는 기선에서 오래된 거장들을 던져버려라.

여러분들이 보다시피, 단 하나의 건물도, 단 하나의 잘 정리된 구석도 없고, 파괴와 무정부주의만이 있을 뿐입니다. 속물들은 이것을 마치 미치광이의 기이한 행위인 양 비웃습니다. 그러나 이것은 폭풍우 치는 "오늘" 속에서 실현된 "악마적 직관"으로 판명되었습니다. 전쟁은 국가와 두뇌의 경계를 확장시키면서 어제까지 알려지지 않았던 것의 경계 속으로 매몰되기를 강요합니다.

예술가여! 매우 세밀한 망의 윤곽선으로 질주하는 기병대를 잡을 수 있겠소? 레핀![140] 사모키슈[141]! 물통을 치우시오——물감이 엎질러질 것이오.

시인이여! 약강격과 강약격의 강력한 싸움을 흔들의자 위에 놓지 마시오. 흔들의자가 부서질 것이오!

말의 쇠퇴와 재생! 페트로그라드[142]를 필두로 얼마나 많은 새로운 말들과, 그리고 여자 차장 같은 말들이! 죽어버리시오, 세베랴닌! 미래주의자들이 잊혀져가는 낡은 문학에 대해 외쳐야만 합니까? 누가 카자크의 함성 속에서 브류소프의 만돌린 연주 소리를 알아듣겠습니까? 오늘, 모두가 다 미래주의자! 전 국민이 미래주의자!

미래파는 죽음의 손으로 러시아를 움켜잡았습니다.

자신들 앞에 있는 미래파를 보지 않고, 자신들을 들여다보지도 못하면서 당신들은 죽음에 대해 소리치기 시작했습니다. 맞습니다! 특별한 그룹으로서 미래파는 죽었습니다. 그러나 그것은 홍수처럼 당신들 모두에게 흘러넘칩니다. 그러나 만일 미래파가 선택된 자의 사상으로써 죽었다면, 그것은 우리에게 필요 없는 것입니다. 우리는 우리의 파괴 프로그램 첫 번째 부분이 완수된 것으로 간주합니다. 만일 오늘 여러분이 우리 손에 어릿광대의 딸랑이 대신 건축도면이 있는 것을 보더라도, 그리고 어제는 감상적인 몽상으로 인해 연약했으나 오늘은 강력한 설교의 모습으로 등장한 미래주의의 목소리를 듣더라도 놀라지 마십시오.

블라디미르 마야콥스키

(1915년)

— 작가 인터뷰 —

혁명의 열세 번째 사도 마야콥스키

Владимир Маяковский

이 인터뷰는 유리 카랍치엡스키, 《마야콥스키의 부활*Воскресение Маяковского*》(Москва : Советский писатель, 1990) ; 레오니드 카치스, 《블라디미르 마야콥스키 : 시대의 지적 맥락 속에서의 시인*Владимир Маяковский : Поэт в интеллектуальном контексте эпохи*》(Москва : Языки русской культуры, 2000) ; 벤그트 얀그펠트, 《사랑, 모든 것의 핵심 : 블라디미르 마야콥스키와 릴리 브릭의 서한 1915~1930*Любовь Это Сердце Всего : В.В. Маяковский и Л.Ю. Брик. Переписка 1915~1930*》(Москва : Книга, 1991) ; 김성일, 〈마야코프스키의 사회주의 유토피아〉, 《노어노문학》, 제10권 제2호(1998) 등의 자료를 바탕으로 옮긴이가 가상으로 구성한 것이다.

지난 세기를 뒤흔들었던 소비에트 사회주의 실험이 미완으로 막을 내린 후 십수 년이 지났으나, 그 역사적 실체를 객관적으로 바라보기에는 아직 지나온 시간의 거리가 짧은 듯하다. 소비에트 체제와 밀접한 관계를 맺고 있었던 작가들을 객관적으로 평가하는 일 역시 그렇다. 이러한 작가들 중 대표적인 예가 바로 고리키와 마야콥스키다. 고리키는 대표적인 소비에트 작가로 최초의 사회주의 리얼리즘 소설《어머니 *Мать*》를 썼으며, 사회주의 리얼리즘 양식을 완성한 작가로 인정받았다. 항상 물의의 중심에 서 있었던 마야콥스키 역시 예술성 뛰어난 서정시와 역동적인 선동시를 통해 혁명의 계관 시인으로 불렸다. 소비에트 체제와 분리해서 생각할 수 없는 이 두 작가는 여러 가지 공통점을 갖고 있다. 그중 지금 우리의 관심을 끄는 것은 사회주의 몰락 이후 두 작가 모두 재평가의 대상이 되었다는 점이다. 체제 붕괴 직후에는 그들의 문학을 더 이상 의미 없고, 이미 시효가 만료된 것으로 치부하는 분위기가 전반적이었다. 하지만 이데올로기로 인해 사라지거나 잊혀졌던 작가와 작품들이 새롭게 발굴 · 복권되어, 소비에트 러시아 문학사에서 군데군데 공백으로 남아 있던 부분들이 새롭게 채워지면서 이 두 작가에 대한 평가도 이전과는 다른 관점에서 이루어지기 시작했다. 즉 지배 이데올로기에 의해 왜곡되고 가려졌던 그들 문학의 진정성이 '휴머니즘' 이라는 관점에서 새롭게 조명받기 시작한 것이다.

마야콥스키와의 이 짧은 가상 인터뷰가 그의 전체적인 모습과 내면의 진정성을 모두 다 보여줄 수는 없을 것이다. 하지만 이념에 사로잡혀 맹목적이고 광적인 선전선동에만 몰두했던 혁명 시인이라는 그에 대한 왜곡된 평가를 바로잡고, 자신의 시를 휴머니즘의 제단에 바친 또 다른 순교자로서의 그의 모습을 어렴풋하게나마 보여줄 수 있지 않을까 생각한다.

김성일_ 안녕하십니까, 블라디미르 블라디미로비치! 당신은 천재적인 시인으로 정평이 나 있고, 당신의 시는 전 세계 거의 모든 언어로 번역되어 있습니다. 당신에게는 오랫동안 위대한 혁명 시인이라는 영광이 따라다녔고, 당신 역시 마지막 시 〈목청껏Во весь голос〉에서 스스로를 "혁명에 의해 부름 받고 동원된 소리꾼"이라고 명명했습니다. 당신의 시적 진술은 종종 그 어떤 정치적 슬로건보다 더 강력한 영향력을 프롤레타리아 대중들에게 발휘했습니다. 따라서 이미 살아생

전에 당신은 후손들이 열정 어린 감사와 존경으로 당신을 기억할 것이라고 확신했습니다.

그러나 1980년대 중반 이후 페레스트로이카(개혁)와 소연방 붕괴라는 세계사적 사건을 거치면서 당신의 후손들 중 많은 이들이 당신을 공격하기 시작했습니다. 그들은 당에 의해 천편일률적으로 해석되고 찬양되어온 당신의 삶과 작품 속에서 비도덕성을 새롭게 발견하기 시작했던 것입니다. 더불어 당신이 초기 시 〈나Я〉에서 "나는 어린아이들의 죽어가는 모습을 바라보는 것을 좋아한다"라고 말했을 때 당신이 보여주었던 가학적 행동과 태도를, 어린아이, 여성 등의 약자와 러시아 시인의 숭고한 임무에 대한 배반으로 해석하기 시작한 것이지요. 또한 그들은 당신이 뮤즈에 대한 고귀한 봉사 대신 볼셰비키 당의 주문에 대한 즉각적인 헌신에 임했다는 점에 대해서도 비난의 화살을 보냈습니다. 이처럼 사회주의 체제 붕괴 이후 시작된 당신에 대한 프롤레타리아 고전(古典)으로부터의 탈정전화(脫正典化) 작업과 당신에 대한 일련의 자유주의 비평가들의 비난에 대해 어떻게 생각하십니까?

마야콥스키_ '친애하는 후손 동지 여러분!' 노동자, 농민의 프롤레타리아 국가가 지구상에서 사라진 그 순간부터, 역사적 필연성에 의해 그 국가의 국민 가수가 될 수밖에 없었던 나에게 무수한 비난과 공격이 쏟아지기 시작했고, 견디기 어려운 불쾌한 시간이 이어졌습니다. 그러나 지금 나는 오히려 그것으로 인해 나 자신의 역사적 임무와 내가 선택했던 시의 행보가 정당했음을 다시 한번 확신하게 되었습니다. 구체적인 이유는 인터뷰가 진행되면서 자연스럽게 언급될 것이라 생각됩니다.

사실 프롤레타리아 혁명이 이 땅에서 음울한 부르주아적 일상을 쓸어내 버렸을 때, 시인이자 공상가, 유토피아주의자였으며 행복하게 개조된 인류가 거주할 이 새로운 세계의 선전자를 자임했던 나는, 전체의 평등과 사회 정의의 이상을 떠맡은 혁명이 그 짧은 시간 안에 스탈린의 총체적인 테러와 피비린내 나는 숙청으로 선회하게 될 줄은 꿈에도 생각하지 못했습니다. 혹시 1918년에 쓴 나의 선동시 〈좌익의 행진Левый марш〉을 기억하십니까? 그 시에서 나는 시를 쓰는 행위가 프롤레타리아 권력의 적에게 총을 쏘는 것과 동일한 효과를 갖는 것이라고 보았습니다. 그러나 오해하지 마시기 바랍니다. 내가 그 두 가지를 동일시한 것은 이른바 볼셰비즘의 정치적 언어를 통해 나의 미학적 프로그램이 표현되었다는 것을 언급하는 메타포일 뿐입니다. 진정한 나의 미학 프로그램은 이상 세계의 건설을 위해 낡고 오래된 상징주의적 질서와 우주적 세계관을 다시는 되돌릴 수 없을 만큼 완전히 근절시키는 것입니다. 이렇게 세워진 이상 세계에서 비로소 인간은 지상의 시공간뿐만 아니라 신의 법칙으로부터 자유롭게 되며, 처음으로 자기 자신의 육체적 · 심리적 본성에 대해 전권을 갖는 주인이 되는 것입니다.

나와 미래주의 동료들은 1917년 10월 혁명 속에서 정치적 격변만이 아니라 인간을 정치, 사회, 종교 등 지상의 모든 굴레로부터 완전히 해방시키는 고귀한 진실의 순간을 보았습니다. 다시 말해, 우리는 10월 혁명 속에서 우리의 미학적 유토피아 기획이 실제로 좀더 철저하고도 급진적인 형식으로 실현되는 것을 보았던 것이지요. 따라서 당시 우리는 이를 실현하기 위해 스스로를, 모더니스트의 예술적 횡포가 아니라, 프롤레타리아 지도자가 부여하는 명령에 무조건 복종하는 엄격한 규율의 혁명 전사, 예술 군단으로 의식했던 것입니다.

그러나 1918년 이처럼 보편적인 우애를 바탕으로 탄생한 무정부주의적 사회에 질서를 부여하기 위해, 처음에는 비조직적이었지만 점차 훨씬 더 조직화된 비밀 경찰 성격의 독재가 출현했을 때, 나는 레닌에게 혁명의 왜곡된 정화 과정과 궤도 이탈을 지적하기 시작했습니다. 바로 이때부터 나와 프롤레타리아 혁명의 정치 지도자 사이에 불협화음이 시작된 것이지요. 이러한 불협화음은 나에 대한 정전화된 소비에트 역사 기술 속에서는 언급조차 되지 않았습니다. 반대로 왜곡된 나의 이미지를 폭로하는 현대의 연구가들에 의해서만 강조되었지요. 그러나 무엇보다도 내가 단 한 번도 혁명적 이상의 진실성에 대한 절대적인 믿음을 버리지 않았다는 사실은 잊지 말아야 할 것입니다. 바로 여기에, 혁명의 위업 위에다 "나는 결산한다, 고로 존재한다"라는 재정 관료주의의 행복을 세우고자 했던 당의 일반 노선과 나의 미학적 탐구가 갈라지는 지점이 있는 것입니다.

나는 나와 내 세대가 한순간 혁명에 현혹되었고, 그러한 현혹이 나에게 이른바 기념비적 위대함을 부여했으며, 동시에 나에 대한 많은 비극적 오해의 원인이 되었다는 것을 이해합니다. 그렇지만 누군가 나의 정치적 활동과 정치적 이력에 대해 적절한 심판을 내리고자 한다면, 그 역시 나와 마찬가지로 강력한 힘에 의한 눈멂 상태, 즉 내가 혁명기에 체험했던 상태를 체험해야만 한다고 생각합니다. 사실 나는 나를 비판하는 자유주의적 비평가들이 그들의 모든 논리적 정당성에도 불구하고, 이러한 혁명적 눈멂과 개안(開眼)의 상태에 대한 이해를 결여하고 있지 않은가 생각합니다.

김성일_ 진정성은 시간적 · 공간적 거리를 뛰어넘어 보편성을 획득하게 되며, 비판이란 그 같은 진정성을 담보하고 있지 않으면 안 된다는 의미로 당신의 말을 이해할 수 있을 것 같습니다. 질문을 계속해보자면, 당신의 창작 전반에 걸쳐 중요한 비중을 차지하고 있는 미래주의 활동은 소비에트 평단에서 상대적으로 저평가되어온 것이 사실입니다. 당신의 러시아 미래주의 활동과 창작에 대해 말씀해주시기 바랍니다. 아울러 당신의 창작 방법에 대해서도 말씀해주십시오. 즉 당신은 '시 창작'이 오로지 형식적 기술만을 필요로 한다고 생각하십니까? 아니면 시 창작이란 나름의 초월적 원천을 갖고 있다고 생각하십니까?

마야콥스키_ 러시아 미래주의는 《러시아 미래주의 역사

Russian Futurism : A History》의 저자 블라디미르 마르코프와 같은 문학사가들이 제시하는 바와 같이 그렇게 단단하게 결속된 동질적인 운동은 아니었습니다. 오히려 러시아 미래주의는 브류소프, 발몬트, 메레주콥스키 등의 '악마적 개인주의'와 벨르이, 이바노프, 볼로쉰 등의 '상징주의적 초월 지향', 그리고 고전주의적 아카데미즘과 아크메이즘의 '엄숙한 전통'으로부터 떨어져 나온 가장 급진적이고 창조적인 젊은이들의 본능적인 반작용이었다고 보는 것이 나을 듯합니다. 물론 그렇다고 해서 러시아 미래주의가 하나의 그룹으로서 존재하지 않았다고 말하는 것은 아닙니다. 아시다시피 '입체미래파'로는 나를 비롯해 흘레브니코프, 크루초니흐, 카멘스키, 리브시츠 등이 함께 활동했습니다. 하지만 당신이 나의 시 양식이나 흘레브니코프, 크루초니흐의 초이성적 시 등을 역사적 어원학을 통한 카멘스키의 실험 혹은 리브시츠의 폭넓은 신화적 층위의 텍스트들과 비교해본다면, 즉시 우리의 시적 기술(技術)과 취급 방법이 근본적으로 서로서로 다르다는 것을 알아차리게 될 겁니다.

아시다시피, 우리는 이미 1911~1912년에 같은 이데올로기를 표방한 미래주의 그룹으로 통일되었습니다. 우리의 미학적 급진주의와 살롱 문학적 경향에 대한 거부 그리고 유토피아적 이상 등은 당시 문단을 떠들썩하게 했던 일련의 엉뚱한 사건들과 〈대중의 취향에 따귀를 때려라 Пощечина общественному вкусу〉, 〈판관의 덫 Садок судей〉, 〈악마에게로 꺼져라Идите к чорту〉, 〈생기 잃은 달Дохлая луна〉 등의 선언문들 속에 잘 구현되었습니다. 당시 우리를 통일시킨 것은 말〔言〕에 대한 물적 · 구성적 태도였습니다. 우리는 고도의 지식을 통해서만 파악할 수 있는 실재의 상징을 말 속에서 찾고자 한 상징주의자들을 거부했으며, 상징을 문화적 전통의 인공적 표현으로 간주한 아크메이스트들 역시 받아들이지 않았습니다. 우리는 실험과 변형을 통해 말을 직접적인 행동의 무기로 바꾸고자 했습니다. 왜냐하면 바로 이러한 무기야말로 낡은 사회 질서의 가쇄(枷鎖)에 묶여 있는 시간을 해방시키고, 일그러지고 뒤틀려 있는 말을 구해냄으로써 낡은 세계를 조화로운 우주적 유토피아 사회로 바꿀 수 있기 때문이지요.

아마도 이와 같은 말에 대한 공리적 · 기획적 태도가 혁명 이후 우리의 시적 지향과 자아실현 수단이 달라지게 된 이유가 아니었나 생각합니다. 흘레브니코프는 자신의 초이성적 언어 속에서 시적 진술의 민속적 근원을 찾고자 했고, 역사적 · 신화적 시간의 보편적인 법칙들을 내포하고 있는 자족적인 말을 찾고자 했습니다. 크루초니흐는 전통적 의미의 언어를 파괴하고, 그것을 통한 언어적 변위(變位)의 도움으로 높은 수준의 부조리와 그로테스크에 도달하려고 시도했습니다. 이에 반해 나는 혁명을 선동할 목적에서 말을 형태 창조적 실험에 적합한 재료로 이해하고자 했습니다. 이후 나는 10월 혁명기에 미래주의의 언어적 급진주의 대신 새로운 급진주의의 테마, 즉 사회주의 노동 및 위업의 테마를 제안했고, 이 주제를 해결하기 위해 새로운 어휘와 시적 수단을 강구하게 되었습니다. 따라서 미래주의는, 비록 훗날 어떤 변형된 형태를 띠게 될지라도, 내 창작의 전 시기에 걸쳐 상당한 영향을 끼치며 나와 밀접한 관계를 맺어왔다고 할 수 있겠습니다. 이런 의미에서 나는 '시를 만들기' 위해 새로운 언어적 형식뿐만 아니라 그 언어의 초월적 원천까지도 고려한다고 말할 수 있겠습니다.

김성일_ 방향을 좀 바꿔서, 당신의 개인사와 관련된 질문을 드리겠습니다. 당신의 삶과 문학에서 가장 수수께끼 같은 것 중의 하나가 바로 릴리 브릭과의 관계입니다. 당신과 릴리의 사랑은 세계 문학사에서 유례를 찾기 힘든 기이한 것이어서 많은 세인의 관심과 주목을 끌었습니다. 괜찮으시다면 당신과 릴리의 관계에 대해서 말씀해주셨으면 합니다.

마야콥스키_ 나와 릴리의 사랑에 대해서는 극단적인 두 가지 평가가 엇갈립니다. 우선 우리의 로맨스를 납득하기 힘들고 증오와 혐오를 불러일으키는 퇴폐적 부르주아 모럴의 극치로 간주하는, 주로 1960년대 말부터의 일부 소비에트 연구가들의 입장이 있습니다. 이와는 반대로 또 다른 사람들은 우리의 사랑 속에서 전형적인 '시인의 사랑'은 물론, 특별한 일상적 실험, 즉 사랑과 우정의 새로운 유형을 창조하려는 용감한 시도를 발견합니다. 후자의 해석 속에서 우리의 관계는 때로 이상화된 신화의 위상을 부여받기도 합니다.

내가 릴리를 처음 본 것은 1913년, 상징주의 시인 콘스탄틴 발몬트를 위한 만찬석상에서였습니다. 그러나 그때도 나는 한바탕 말썽을 피웠고, 따라서 나에 대한 그녀의 첫인상은 좋지 않았습니다. 그 후 그녀를 다시 만나게 된 것은 1915년 그녀 가족의 여름 별장에서였습니다. 당시 나는 그녀의 집을 자주 방문했지요. 그러던 어느 날 내가 릴리와 그녀의 남편 오십에게 〈바지를 입은 구름Облако в штанах〉을 읽어주자 그들은 열광했고, 이 일 이후로 나와 브릭 부부의 기이한 관계가 본격적으로 시작되었습니다. 나는 릴리와 사랑에 빠지게 되어 육체적 관계를 갖는 사이로까지 발전하게 됩니다. 이러한 기이한 관계가 시작될 수 있었던 것은 무엇보다 오십의 결단 덕분이었습니다. 릴리가 나와의 관계를 남편 오십에게 털어놓자, 그는 그것을 이해하고 우리 세 사람의 기이한 동거 생활을 결정했지요. 결혼하고 일 년 만에 아내 릴리와의 육체적인 사랑에 흥미를 잃어 육체 관계를 갖지 않았던 오십으로서는 오히려 반가운 일이었는지 모릅니다.

릴리에 대한 사랑은 나의 삶을 완전히 바꿔놓았습니다. 나는 그녀의 비위를 맞추기 위해 생활 방식을 고치려고 노력했습니다. 그녀의 말대로 머리를 깎고, 목욕도 하고, 치과에도 갔지요. 그러나 무엇보다도 브릭 내외로 인해 나는 진정한 의미의 집(가족)이라는 것을 갖게 되었습니다. 이전까지 보헤미안적 삶을 살았던 나에게는 진정한 의미의 집이란 존재하지 않았습니다. 나는 그들을 통해서 완전히 새로운 사회 · 문화적 환경 속으로 들어가게 되었습니다. 내가 다른 미래주의자들과 마찬가지로 지방의 부유하지 않은 가정에서 태어나 정규 교육도 제대로 받지 못했던 것과 달리, 그들은 부유한 모스크바 가정에서 태어나 지적인 환경에서 성장하고 좋은 교육을 받고 외국에도 다녀온 사람들이었습니다. 당시 그들은 자신과 유사한 환경의 사람들과 교제하고 있었습니다. 이런 그들 덕택에 나 역시 그런 사람들과 교제하게 된 것이었습니다.

릴리의 생활은 어떤 면에서 매우 정적이었습니다. 그녀는 나를 포함한 어느 누구에게도 소속되려 하지 않았으며, 또한 나나 오십의 아기를 갖기를 거부했지요. 그녀와 함께 산 십오 년간, 잠깐 동안의 별거와 몇 차례 다른 여자와의 로맨스에도 불구하고 릴리는 내 삶의 전부였다고 말할 수 있습니다. 내가 죽은 뒤 스탈린에게 청원하여 대중들의 망각의 늪 속에서 나를 다시 꺼내준 것도 바로 그녀였습니다. 그녀는 나의 삶이자 영원한 뮤즈였지요.

김성일_ 기이하기는 기이한 관계로군요. 흥미롭습니다. 그렇다면 당신과 릴리를 잇는 선을 오십이라는 또 다른 점과 연결하여 삼각형이라는 면으로 발전시켜 질문을 드리겠습니다. 보통 사람들로서는 쉽게 이해할 수 없는 그 기이한 관계를 당신과 브릭 부부 세 분께서는 십오 년간이나 지속시키셨는데, 세 분 사이에 그럴 만한 어떤 공통된 지향점이라도 있었던 것인지요.

마야콥스키_ 물론 있었지요. 그러나 미리 말씀드리고 싶은 것은 우리의 관계가 갈등이 없는 목가적인 풍경과 같지는 않았다는 점입니다. 서로 간의 친밀한 우정 속에서 살았던 십오 년 동안 우리 세 사람에게는 각기 다른 사람들과의 로맨스가 있었습니다. 나의 경우 몇 차례 로맨스가 있었고, 특히 1928년 파리에서 알게 된 타티야나 야코블레바와의 사랑은 아주 특별한 것이었지요. 그녀는 나를 구원해줄 수 있는 '같은 키'의 여자로서 모든 것을 다 버리면서까지 나와 결혼하려고 했던 여성입니다. 불행히도 1929년에 내가 프랑스행 비자를 거부당하는 바람에 결혼에까지는 이르지 못했지요. 릴리 역시 유명한 영화감독인 쿨레쇼프와 로맨스를 즐겼지요. 오십 역시 로맨스에 빠졌지요. 그는 1925년에 젬추쥐나야라는 여성을 알게 되어 1945년 때 이른 죽음을 맞을 때까지 이십 년간 그녀와의 관계를 지속시켰습니다. 이러한 각자의 로맨스에도 불구하고 우리는 모두 한 아파트에서 계속해서 함께 살았지요. 우리는 항상 다른 사람들과의 관계와는 별개로 집에서 함께 밤을 보낼 수 있도록 하기 위해 우리 자신들의 생활을 정비하려고 노력했습니다. 즉 낮에 무슨 일이 있었든지 아침과 저녁을 온전히 우리의 것으로 하고자 노력했지요.

우리의 이 기이한 실험적 삶은 혁명가 체르니솁스키의 소설 《무엇을 할 것인가?*Что делать?*》에서 묘사된 주인공들의 '합리적 이기주의'의 삶과 유사하다고 말할 수 있을 것 같습니다. 체르니솁스키의 '새로운 사람' 처럼 우리도 실제로 '낡은 일상' 의 질투와 그것의 또 다른 발현들과의 투쟁을 시도했습니다. 우리 모두는 진정한 사랑과 우정의 전제인 각자의 자주성과 독립성을 존중했지요. 이러한 이상에 대해서는 어떠한 의심도 하지 않았습니다. 그러나 이러한 자유에는 정신적 고통이라는 값비싼 대가를 지불해야만 했습니다. 그 누구보다도 나 자신이 더 값비싼 대가를 치러야 했지요. 그러나 나 혼자만이 이러한 엄격주의의 도식에 따른 감정 통제의 능력이 없어서 고통 받았던 것은 아닙니다. 우리는 모두 다 젊었고, 삶에 탐닉했으며, 온갖 자신의 일에 전념했습니다. 아울러 논쟁하고, 화해하고, 모욕하고, 즐거워하고, 구걸까지 하는 등, 한마디로 말해 온갖 일들이 다 벌어졌지요.

우리는 우리 사이의 모든 어려움과 위기에도 불구하고 십오 년 동안 함께 살았으며, 거의 매일 만나다시피 했습니다. 이것만큼은 지울 수 없는 사실로 남습니다. 우리를 하나로 연결시켜준 것은 전혀 통상적이지 않은 성격의 유사성이었다고 말할 수 있을 것 같습니다. 즉 우리는 모두 서로에 대한 깊은 우정과 충실, 상호 믿음, 공통의 관심사를 갖고 있었으며, 이것이 그 어떤 결혼이나 로맨스보다 더 강하게 우리를 연결시켜주었던 것입니다.

김성일_ 릴리와의 관계만큼이나 당신과 오십의 관계도 중요한데, 그 관계에 대해서도 한 말씀 해주시면 고맙겠습니다.

마야콥스키_ 무엇보다도 오십은 사랑의 에로틱한 측면에 대해 무척 냉담했던 사람입니다. 앞에서 말한 것처럼 그는 결혼하고 일 년이 지난 뒤부터 릴리와 '남편과 아내'로 사는 것을 그만두었지요. 그렇지만 결코 이혼은 하지 않고 죽을 때까지 형식적인 관계를 유지했습니다. 그 이유에 대해서는 명확히 알 수 없지만, 나와 릴리의 관계를 인정한 것으로 볼 때, 아마도 그는 삶의 형식에 그렇게 큰 의미를 두지 않았던 것 같습니다.

오십은 인간뿐만 아니라 시인으로서도 나의 발전에 결정적인 역할을 했습니다. 나의 시적 재능을 발견하고 인정해준 것도 그였으며, 〈바지를 입은 구름〉을 자비를 들여 출판해준 것도 그였습니다. 그는 매일 헌책방을 돌아다닐 정도로 책 애호가였습니다. 오십은 종종 책과 잡지에 실린 내 작품들을 소리 내어 읽기도 했습니다. 나는 그의 문학적 취향을 전적으로 신뢰했습니다. 그는 나의 첫 번째 작품 선집을 편집 · 교정했으며, 주석을 붙였습니다. 무엇보다도 오십은 나의 정치적 · 미학적 견해 형성에 커다란 역할을 했습니다. 특히 1920년대에 나는 내 시에 대해 오십과 상의했으며, 종종 그의 조언에 따라 시를 고쳐 쓰기도 했습니다. 부를류크 이후로 조언자로서 나의 창작을 지지했던 가장 중요한 사람을 선택하라면 나는 주저 없이 오십을 선택할 것입니다.

김성일_ 당신 얘기를 듣고 나니 빛바랜 옛 사진 속에서 보았던 세 사람의 모습이 새로운 느낌으로 다가오는 것 같습니다. 릴리와 관련된 당신의 개인적 · 전기적 사실 외에, 릴리와의 관계가 당신 시와 어떤 연관을 갖고 있는가 하는 점 또한 우리의 관심을 끄는 부분입니다. 당신은 이미 그녀에게 여러 편의 시를 헌정했습니다. 또한 몇몇 시에서 그녀와의 경험을 직접적으로 묘사하기도 했습니다. 그렇다면 이러한 사랑의 서정시는 혁명적 주제의 시 및 혁명 운동과는 어떤 상관 관계를 가지고 있습니까?

마야콥스키_ 내밀하고 고백적인 전기적 요소를 의도적으로 이용한 나의 사랑의 서정시와 프롤레타리아 혁명의 선동시, 이 둘 사이의 관계에 대한 질문은 항상, 나를 찬미하는 전기 작가나 내 시적 솜씨를 사회적 주문에 종속시켰다고 나를 비난하는 사람들뿐만 아니라 나 자신에게 있어서도 극복할 수 없는 복잡함을 불러일으킵니다. 나와 릴리와 오십의 관계에 대해 내 친구와 적들이 퍼뜨렸던 유언비어와 험담은 항상 내게 깊은 혐오감을 불러일으켰습니다. 고통스럽고 해결되지 않는 이러한 삶의 두 요소의 충돌은 계속해서 나를 혁명 투쟁의 도상으로부터 멀어지게 했고, 동시에 그곳으로 나를 끌어당겼습니다.

그러나 언제부터인가 새로 등장한 당의 부르주아와 관료계급은 내 작품 속에 등장하는, 사랑하지만 영원히 도달할 수 없는, 끊임없이 떠나가는 여성의 이미지를, 가장 활동적인 혁명가에 의해 영원히 지속되고 배반당하는 혁명의 이미지와 연결시켰습니다. 이처럼 분리도 결합도 되지 않는 혁명과 여성의 이원적 이미지가 장시(長詩) 〈이것에 대하여Про это〉의 주요한 테마입니다. 이 장시의 창작 과정에 주된 자극을 준 것은 혁명적 낙천주의와 유토피아적 희망만이 아니었습니다. 혁명이 갖는 정화 임무에 대한 믿음을 상실한 데서 오는 고통과 사랑하는 여성을 잃은 후에 겪게 되는 극복할 수 없는 우주적 상실의 고통 또한 그와 같은 자극을 주었지요. 〈바지를 입은 구름〉, 〈등골의 플루트Флейта-позвоночник〉 등과 같은 혁명 이전의 초기 장시들에서 사랑이 나를 메시아에 의해 저주받은 초인, 열세 번째 사도로 만들었다면, 혁명 이후 후기의 시들에서는 사랑이 나를 '인간', 즉 '혁명의 포고자'에서 '고통을 통해 지혜로워진 사람'으로 변화시켰습니다. 내 사랑의 서정시는 혁명 시인의 기념비적 · 영웅적인 용모로부터 나의 인간적 삶의 특징들을 구별하게끔 만들어주었던 것입니다.

김성일_ 문득 당신의 '열세 번째 사도'라는 말에서 상징주의 시인 블로크의 시 〈열둘Двенадцать〉을 떠올리게 됩니다. 원래 열세 번째 사도라는 제목을 붙이려다 검열로 인해 제목을 바꾸게 된 〈바지를 입은 구름〉은 주제의 측면에서 〈열둘〉과 유사합니다. 그러나 저는 이 두 시를 테제와 안티테제의 관계로 설정해, 미래주의가 출현해 상징주의를 거부한다는 문학사적 사실에 대한 시적 은유로 해석하고자 합니다. 열둘 다음에 열셋이 온다는 숫자 배열의 규칙으로도 이러한 은유가 가능하지만, 무엇보다 〈열둘〉이 도래한 혁명을 적극적으로 받아들이는 열두 사도와 예수의 형상을 상징적으로 그리고 있는데 반해 〈바지를 입은 구름〉은 도래할 혁명의 구세주를 미리 선포하는 열세 번째 사도로서의 당신 자신의 모습을 보다 사실적으로 보여주고 있으니까요. 여기서 논리를 조금 더 비약시켜보면 레닌이야말로 당신의 시가 말한 혁명의 구세주가 아닐까요? 저의 이런 발상에 대한 당신의 의견을 듣고 싶습니다.

마야콥스키_ 흥미로운 생각이군요. 물론 이 두 시에서 사도와 예수는 약간 다른 모습으로 그려지고 있지만, 궁극적으로는 혁명의 옹호자이자 선포자라는 점에서 공통점을 갖는다고 하겠습니다. 그러나 이 두 시의 관계 및 그와 관련된 사도들과 예수의 이미지를 평면적으로 비교하기에는 난점이 따른다고 생각합니다. 우선, 이 두 시의 창작 시기가 당신이 생각하는 것과 정반대라는 점을 고려해야 하지요. 즉 블로크의 〈열둘〉은 1918년에 씌어졌고, 나의 〈바지를 입은 구름〉은 1915년에 씌어졌어요. 따라서 이 시를 미래주의가 출현해 상징주의를 거부한 문학사적 사실의 은유로 보기에는 무리가 있습니다. 또한 레닌을 도래할 혁명의 구세주로 볼 수 있지 않느냐 하는 질문에 대해서는 긍정과 부정이 다 가능할 것 같습니다. 간단히 말해서 구세주의 이미지에는 레닌만이 아니라 시인 자신, 그리고 혁명의 대열에 동참했던 민중들까지 다 포함된다고 볼 수 있겠습니다.

김성일_ 그렇다면 레닌에 국한시켜 질문을 드리겠습니다. 당신은 레닌에 대해 여러 편의 시를 썼습니다. 그중에서도 장시 〈블라디미르 일리치 레닌Владимир Ильич Ленин〉은 대표적인 소비에트 고전으로 인정받고 있습니다. 그러나 흥미롭게도 레닌은 개인적으로 당신을 혐오했습니다. 그는 당신이 만든 일부 포스터와 표어들에는 만족했지만, 당신의 대부분의 예술 작품에는 깊은 혐오감을 나타냈습니다. 특히 당신의 시 〈150000000〉[143]과 관련해서 이 시집을 5,000부나 발행한 것에 대해 인민교육위원인 루나차르스키에게 화를 내기까지 했습니다. 이런 점에서, 레닌 사후에 당신이 쓴 장시 〈블라디미르 일리치 레닌〉은 일종의 비극적 아이러니에 불과한 것이 아닐까요? 레닌과 당신의 관계에 대해서 말씀해주십시오.

마야콥스키_ 매우 극단적이고도 복잡해서 나로서는 결코 해결할 수 없는 질문을 던지는군요. 간단하게 대답하겠습니다. 이 질문에 대해 자세히 대답하려면 아마 죽을 때까지 이야기해도 시간이 모자랄 것이기 때문입니다. 물론 나에게 레닌은 항상 어떠한 판단도 허용하지 않는 혁명의 고귀한 절대적 기준이었습니다. 그는 혁명의 주요 에너지원이자 윤리적 · 도덕적 초점이었고, 심지어 혁명의 탈세계적인 종교적 근거이기도 했습니다. 비록 레닌은 전적으로 무신론적 사회 · 국가

제도를 설교했지만, 나는 여기서 의식적으로 '종교적'이라는 단어를 사용하고자 합니다.

그러나 그의 궤변적인 수사학과 어조, 그리고 무엇보다 비록 역사적 상황에 반하는 것일지라도 자신의 정당성을 고집스럽게 확신·주장하는 행위 등으로 인해, 그는 종교적 예언가나 참되고 유일한 믿음의 광신적 옹호자에 비유되기도 했습니다. 나는 레닌에게 매혹되어 심지어 그를 신격화하기까지 했었지만, 그럼에도 그의 정치적 변전(變轉) 과정에는 종종 동의하지 않았습니다. 내게는 항상 레닌의 정치적 급진주의가 불충분한 것으로 생각되었습니다. 나는 그가 혁명의 아방가르드인 우리 미래주의 시인들에게 개혁의 힘을 실어주리라고 생각했습니다. 그러나 그와 반대로 그는 항상 혁명의 부르주아 후위(後衛)와 협정을 체결하려고 했습니다. 이로 인해 혁명은 대관식 거행이라는 성격을 띠게 되었습니다. 정치가이자 행동가인 레닌은 우리의 급진적 미래주의 속에서 확실한 기반이 없는 유토피아주의를 보았던 것입니다. 물론 그러한 점도 부정할 수만은 없을 것 같습니다.

1924년 레닌이 죽은 후 나는 장시 〈블라디미르 일리치 레닌〉에서 그를 어떠한 의심도 하지 않는 혁명의 데미우르그(창조자)로서, 그리고 기념비적이고 역사적인 동시대의 인물로서 제시한 뒤, 이 두 가지 모순을 파헤치려고 시도했습니다. 그러나 이미 시대는 박제된 혁명가가 필요한 세상으로 바뀌어가고 있었고, 결국은 나도 역사도 이 모순을 파헤치지 못하고 지나가버렸습니다. 따라서 아직까지도 나에게 레닌의 이미지는 나의 시대의 정치 신화학 속에서 가장 다면적이고도 논쟁적인 것으로 남아 있습니다.

김성일_ 당신과 레닌의 관계가 명확하게 와 닿지 않습니다. 가능하다면 짤막하게 부연 설명을 부탁드리고 싶습니다.

마야콥스키_ 예, 다시 간단히 말씀드리겠습니다. 무엇보다도 레닌은 나를 포함한 미래주의자들에 대해 부정적이었습니다. 우리가 부르짖었던 혁명의 개념도 레닌이 생각했던 것과는 다른 것이었습니다. 즉 우리가 유토피아적이며 우주론적인 미학적 혁명에 사로잡혀 있었다면, 레닌에게는 이러한 혁명이 완전히 낯선 것이었지요. 그는 이 지상 위에 실제로 세워질 천년왕국의 꿈을 꾸었고 혁명을 통해 그것을 실현하려고 했던 것이지요. 그러나 내가 1919년 '러시아 전보통신사의 창'의 선전 활동에 적극적으로 참여하면서부터 나에 대한 레닌의 평가는 조금 달라졌습니다. 즉 혁명 시인으로서 나를 어느 정도 인정하기 시작한 것이지요. 물론 이 시기부터 나 역시 엄밀한 의미에서의 이전 미래주의자의 모습은 아니었지요.

레닌에 대한 나의 생각 역시 크게 바뀌었습니다. 나는 1910년대에 주로 한 인간으로서의 그의 모습에 초점을 맞추었다면,.1920년대 들어 소비에트 이데올로기가 자리를 잡아가기 시작하면서부터는 집단적 주체로서의 그를 묘사하기 시작했습니다. 이와 맥을 같이해 국가적으로 점차 레닌에 대한 신성

화가 이루어지기 시작했고, 마침내 그는 소비에트 만신전(萬神殿)의 신성한 신으로 추앙받게 됩니다.

김성일_ 예, 보다 명확해진 것 같습니다. 이렇게 당신의 시적 재능을 인정하지 않았던 레닌이 유일하게 인정한 당신 시가 바로 관료주의를 비판하는 작품들이었습니다. 예를 들어, 1922년 4월 5일 《이즈베스티야Известия》 신문에 실린 〈회의광Прозаседавшиеся〉을 읽고 레닌이 연설에서 노동자들에게 이 시를 칭찬한 일은 유명합니다. 1920년대 초에 '신경제 정책'이 도입되면서 소비에트 사회에 새로이 부르주아 계급이 등장했고, 이로 인해 혁명의 대의가 점차 빛을 잃기 시작했으며, 사회 전반에 팽배한 부르주아 일상성 역시 소비에트 관료 사회로 깊숙이 뿌리를 내리기 시작했습니다. 이 시기에 당신은 관료주의를 비판하는 시를 써서 꺼져가는 혁명의 불씨를 되살리고자 했습니다. 당신이 그렇게도 혐오했던 소비에트 관료주의와 부르주아 일상성에 대한 당신의 비판적 입장에 대해 자세히 설명해주십시오.

마야콥스키_ 당신도 이해하는 바와 같이, 미래주의 시인들이 우주적 법칙의 극복과 급진적인 사회 개조로 받아들였던 10월 혁명이 완수되었을 때, 우리 모두 부르주아 관료주의 국가의 낡은 시대가 과거로 완전히 자취를 감춘 것이라고 생각했습니다. 따라서 뒤이어 불어닥친 프롤레타리아 독재와 잔인한 전시 공산주의, 내전 이후의 기아, 그리고 사회 전반에 걸친 붕괴 중 그 어느 것 하나도 이미 유토피아적 미래가 도래했고 이상적인 공산주의 세계가 건설되었다는 우리의 확신을 동요시킬 수 없었습니다. 혁명 이후 일상의 궁핍과 고통은 오직 나를 계급의 적인 부르주아와의 점점 더 화해될 수 없는 투쟁으로 밀어낼 뿐이었으며, 나는 〈제4인터내셔널IV Интер-национал〉과 같은 선동적이며 때로는 예언적인 장시 형식이나 짧고 날카로운 선동 문건 형식의 투쟁으로 나아갔습니다. 내 생각에 그 당시 가장 중요했던 것은, 혁명의 동력이며 영웅적인 집단 주체였던 프롤레타리아트가 혼란과 무정부 상태로의 자연 발생적인 의지에 의해 움직인 것이 아니라, 이미 혁명 이전에 부르주아 일상의 파멸과 시간의 종말론적 변형을 예언했으며, 혁명의 여러 사회 계층들 가운데 가장 젊고 활동적인 우리 미래주의 예언자들에 의해 조종되었다는 점입니다.

그러나 1920년대 초에 전시 공산주의로 인한 재난의 시기가 좀더 안정된 신경제 정책 시대로 대체되고, 혁명의 영웅인 용감하고 두려움을 모르는 병사와 수병의 자리를 또다시 보잘것없는 노동 일꾼, 시장 상인 혹은 투기꾼이 차지하게 되었을 때, 나는 낡은 부르주아 일상이 전혀 근절되지 않았으며 훨씬 더 저속하고 속물적이고 진부한 모습으로 새롭게 부활했다는 사실을 두려움에 떨며 폭로했습니다. 그렇지만 그것뿐이 아니었습니다. 감옥과 유형, 오랜 망명 생활, 계급의 적과의 투쟁, 세 번의 혁명 사건, 1차 세계대전, 내전 등에 의해서도 꺾이지 않았던 불굴의 혁명 엘리트인 원로 볼셰비키들조차도 신경제 정책 시기를 거치며 수동적인 당 관료로 바뀌기 시작했습니다. 자유롭고 행복하게 변화한 인류 대신 혁명의 이상을 뿌리까지 질식시키는 분기(分岐)된 관료 기구와 소비에트 관료 체제가 되살아나는 것을 보았을 때, 나는 새로운 관료주의 특권 계급을 낙인찍고 폭로하는 것이야말로 나의 시민적 의무라는 것을 알게 되었습니다.

그러나 관료주의라는 히드라와의 필사적인 접전이 내게 대중적 의미뿐만 아니라 사적인 의미도 갖는다는 사실을 인정해야만 할 것 같습니다. 신경제 정책 초기에 나의 가장 소중한 사람들인 릴리와 오십은 자신들의 살롱으로, 혁명의 이상을 약화시킨 시인과 지식인들보다 소비에트 고위 관리와 군 지휘관들을 초대하기 시작했습니다. 당시 나는, 구세계에서 무사히 살아남은 행정 관료 구조뿐만 아니라, 내가 나의 혁명적 서정시 속에서 끊임없이 씨름했던 새롭게 변형된 유토피아 속으로도 관료주의가 이미 스며들어 있음을 보았던 것입니다. 1920년대 중반에 나는 혁명이 관료주의에 패했다는 것을 깨달았습니다. 그러나 오히려 그 때문에 혁명의 이상은 내게 더욱더 성스러운 것이 되었고, 이제 외부의 적이 아닌 내부의 적과 투쟁해야 한다는 점에서 그 이상을 위한 투쟁은 훨씬 더 중요하고 영웅적인 의무로 여겨지게 되었습니다.

김성일_ 그동안 제가 알지 못했던 새로운 사실이 있었군요.

관료주의와 부르주아 일상성이 결국은 당신을 자살로 내몬 주요 원인이었다고들 하는데, 이에 대해서는 뒤에서 다시 질문드리기로 하겠습니다. 그런데 방금 하신 말씀 중에 혁명의 주체이자 동력인 프롤레타리아트를 당신을 포함한 미래주의 예언자들이 주도적으로 조종했다는 대목이 있었는데, 이것은 우리가 알고 있는 일반적 사실과 상충되는 내용인 것 같습니다. 혁명 전후 시기뿐만 아니라 1920년대 중반까지 또 다른 프롤레타리아 문학 단체들 역시 소비에트 문단에서 주도적인 역할을 했습니다. 이에 대해 좀더 설명해주셨으면 합니다.

마야콥스키_ 음, 틀린 지적은 아닙니다. 프롤레트쿨트('프롤레타리아 문화' 라는 뜻의 약어)와 같은 프롤레타리아 조직들 역시 우리와 같은 역할을 했다고 볼 수 있습니다. 우리와 마찬가지로, 투르게네프의 《아버지와 아들*Отцы и дети*》에 등장하는 바자로프의 후예인 그들 역시 과거의 낡은 문화유산을 타파해야 한다고 주장했고, 새로운 프롤레타리아 사회를 건설하고자 했으며, 정부와 당 조직에서 완전히 독립하려고까지 했습니다. 이로 인해 문화 유산 파괴를 반대하는 볼셰비키 정권과의 충돌이 불가피했지요.

그러나 이런 공통점에도 불구하고 우리와 그들 사이에는 본질적인 차이점이 존재합니다. 그들은 과거의 유산이 모두 부르주아적인 환경에 오염된 것이라서, 순수한 프롤레타리아 정신으로 일관하는 노동 작품으로 그것을 대체해야 한다고 주장합니다. 그러나 이러한 주장은 필연적으로 교조주의적 문학으로 귀결될 뿐입니다. 단적인 예로 프롤레트쿨트의 경우 어떠한 실력 있는 문인도 배출하지 못하고, 초등학교 수준의 창작만을 남긴 채 종말을 고했습니다. 물론 이후 '대장간' 이나 '10월' 과 같은 프롤레타리아 그룹이 결성되어 더욱 수준 높은 작가들을 배출하기는 했지만 '객관적 현실의 묘사' 라는 우상을 벗어날 수는 없었지요. 이와 달리 우리 미래주의자들은 다양하고 치열한 문학적 · 사상적 실험을 통해 변화된 시대에 좀더 적합한 본질적인 삶의 양식을 발견하고자 노력했지요. 즉 겉으로 드러나는 양자 사이의 유사성 이면에는 넘을 수 없는 심연의 차이가 존재하고 있었던 것이지요. 물론 우리가 발견한 그 삶의 양식은 너무도 시대를 앞선 것이어서 볼셰비키 지도자들에게는 비현실적인 것으로 보였습니다. 이미 신경제 정책(1921~1928) 시기의 자유를 맛본 러시아는, 우리의 바람과는 정반대로, 제1차 5개년 계획과 사회주의 리얼리즘이라는 점점 더 교조화된 사회로 흘러가고 있었습니다. 당시 '우리는 너무도 과도하게 미래를 살고 있었다' 고 말할 수 있겠습니다.

김성일_ 당신의 마지막 말은 미래주의의 어원적 의미와도 잘 어울리는 것 같습니다. 당신은 여행하는 것을 좋아하셨지요? 당신은 '혁명의 방랑 시인' 이라고 부를 수 있을 만큼 러시아 각지와 해외 여러 나라를 여행했습니다. 또 가는 곳마다 강연회와 시낭송회를 열기도 했습니다. 그러나 당신의 해외 여행은 단순한 호기심에 가득 찬 외유성 여행이라기보다는 자본주의 세계 속에 고립된 신생 소비에트 사회주의 국가의 시(詩) 전권대사로서 더 넓은 인식의 지평을 얻기 위해 떠난 탐구 여행에 가까웠다고 볼 수 있습니다. 당신은 여행을 하면서 받았던 각 나라에 대한 인상을 여러 시에 남겼습니다. 예술의 나라 프랑스와 자본주의의 보루 미국에 관한 시들이 대표적입니다. 러시아와 외국을 여행하면서 받았던 인상들에 대해 말씀해주시기 바랍니다.

마야콥스키_ 러시아 제국의 끝없는 '민중의 감옥' 위에 볼셰비키가 세우기로 약속했던 새로운 러시아, 아니 좀더 정확히 말해 계급 없는 공산주의 사회를 상상해보십시오. 이러한 러시아가 내게는 시공간의 법칙과 사회적 · 우주적 질서로부터 자유로운 사회주의 낙원이라는 미래주의의 염원을 구현하는 것으로 보였습니다. 이에 반해 외국은 계급의 적이자 자본이 지배하는 물신 숭배의 사회를 의미했습니다. 그곳에서 사랑, 창작, 노동, 우애, 단결 등의 순수한 상징적 가치는 부르주아 투기꾼의 노획물이 되어 속악해졌고, 금전적 · 물질적 복지로 대체되었습니다. 이러한 서구 부르주아 사회의 상품성, 탐욕, 비인간성, 그리고 있는 그대로의 냉소주의 등은 파리에 대한 나의 시 작품군의 중심 주제이며, 부르주아적 풍요로움에만 관심을 기울이는, 영혼을 상실한 채 획일화되어버린 개별 인간들에 대한 비하는 그것의 중심 주제를 이루게 되었습니다.

내게 유럽이 단편적이고 부정적인 호전적 계급이라는 적(敵) 이미지로 보였다면, 초인적인 기술적 강력함과 전대미문의 산업 발전을 이룬 미국은 해결할 수 없는 이데올로기적 수수께끼로 보였습니다. 이 수수께끼는 〈흑과 백Блек энд уайт〉, 〈브로드웨이Бродвей〉, 〈마천루 해부도Небоскреб в разрезе〉 등의 시에 반영되었습니다. 개인적인, 프롤레타리아 이데올로기의 관점에서 보자면, 악마적이고 비인간적인 얼굴을 한 배부르고 부유한 자본주의 국가 미국에서 갑자기, 과학 기술이 고도로 발달한 미래주의 유토피아가 눈부실 정도로 선명하게 구현되었다는 것은 뜻밖의 일이었습니다. 심지어, 가난한 소비에트 러시아가 실제로 피비린내 나는 고통을 통해 인류 역사상 처음으로 평등한 공산주의 낙원을 건설하는 데 성공한 것과 비교해볼 때, 미국과의 만남은 나에게 배반의 의심을 불러일으키기까지 했습니다. 그렇다면 과연 산업의 발전과 전 세계적 헤게모니의 이상을 중요시한 미국이 미래주의 미학의 진정한 유토피아적 희망을 구현한 것이라고 볼 수 있을까요? 물론 그렇지는 않지요. 미국 여행 후 나는 거대한 산업 자본주의의 규모에 대한 호감 표명 때문에 여러 차례 비난을 받았습니다. 그리고 여러 가지 방법을 통해 미국 문화가 보여주는 이러한 거대함과 야만성에 대한 본능적 동경을 억눌렀습니다. 그렇습니다. 낯선 이데올로기와 별종의 문화인 외국은 내 적의와 선동적 호소를 무력화할 정도로 강력한 자석이었습니다. 하지만 그럼에도 러시아는 나의 혁명 활동과 시적 탐구의 기준 벡터이자 길 안내 역할을 하는 별이었습니다. 러시아는 내게 결코 떼려야 뗄 수 없는 고통스러운 질문이었으며, 과거에서부터 내 삶 전체의 공간이었습니다. 두 지리적 극인 러시아와 외국 사이에서의 갈등은 나의 외부가 아닌 내부에서, 즉 나의 시학 속에서 일어났고, 나의 많은 통찰과 고백은 이른바 이 갈등의 강렬함과 그 해결 불가능성에 의해 생겨난 것입니다.

김성일_ 이야기를 듣다보니 당신의 그 절규에 찬 시들은 단지 목청만 드높여 침 튀기듯 쏟아낸 말들이 아니라, 폭풍우 치는 시대의 격랑 속에서 가슴속 깊은 곳으로부터 토해낸, 당신 자신의 일부인 것처럼 느껴집니다. 그러면 많은 의미를 함축하고 있는 당신의 자살과 관련된 질문을 드려보겠습니다. 일본의 유명한 영화감독 구로사와 아키라의 영화 〈라쇼몽(羅生門)〉에서 죽은 사무라이가 영매(靈媒)를 통해 자신의 죽음에 대해 말하는 장면이 생각납니다. 당신 역시 영매를 통해 당신의 자살 원인에 대해 말씀해주시기 바랍니다. 1925년 농민 시인으로 추앙받던 예세닌이 자살했을 때 당신은 "이 세상에서/ 죽는 것은/ 별로 어렵지 않다.// 삶을 사는 것이/ 훨씬 어렵다"라고 썼고, 그의 자살을 용서받을 수 없는 비겁한 행위라고 강하게 비난했습니다. 그러나 아이러니하게도 당신 또한 오 년이 지난 1930년에 권총으로 자살했습니다.

지금까지 당신의 자살 원인에 대해서 많은 주장이 제기되어왔습니다. 일반적으로 관료주의와 부르주아 일상성이 당신을 자살로 내몬 주요 원인이었다고들 말합니다. 그러나 무엇보다도 명백한 것은, 당신의 유서에 적혀 있는 대로 당신의 자살을 순전히 당신 자신만의 잘못이자 선택으로 볼 수만은 없다는 사실입니다. 만일 당신이 혁명적 변화의 정당함 속에서 한 번도 신념을 잃지 않았다고 주장한다면, 도대체 당신의 자살 원인은 무엇이었으며 당신의 자살이 어떤 사회적 혹은 개인적 동기를 갖고 있는지 말씀해주시기 바랍니다.

마야콥스키_ 당신도 알다시피, 교수형 당한 사람의 집에서 밧줄에 대해 이야기하는 것은 유쾌하지 않은 일일 것입니다. 따라서 나의 자살 원인이 알려졌든 알려지지 않았든, 혹은 사회적인 것이든 개인적인 것이든 간에 나는 당신의 이 질문을 윤리성이 의심되는 것으로 간주할지도 모르겠습니다. 그럼에도 나는 이 질문에 대해 매우 명확한 대답을 주고자 합니다. 나의 자살은 단지 대중적인 동기나 내밀한 동기만을 가정하지 않습니다. 물론 그 동기들의 비극적이고 해결 불가능한 결합에 의해 내 자살이 예정되기는 했지만 말입니다. 만일 종교적 이유가 없었다면, 오히려 나의 자살은 형이상학적 원인의 결과였다고 보는 게 나을 겁니다. 물론 미래주의 시기에는 뿌리 깊은 니체주의자이자 무신론자였고 혁명 이후에는 〈비상하는 프롤레타리아Летающий пролетарий〉의 무신론적 사회 단체의 옹호자였던 나 자신에게서 이러한 이야기를 듣는 것이 이상하게 느껴지기도 할 것입니다.

그러나 내 시학 속에는 선언적 · 선동적 · 유물론적 특성 등으로 인해 소비에트 문학 연구자나 서구 자유주의 진영의 해석자들조차도 종종 포착하지 못하는 종교적 원동력이 숨어 있습니다. 단, 미리 말씀드리는데, 여기서 나의 종교관과 관련해서 오해하지 말기를 바랍니다. 무신론자인 내가 언급하고 있는 나의 종교는 전통적인 의미의 기독교 신앙과 같은 것이 아닙니다. 오히려 '인류의 전체 창조 활동을 종교로 간주했던' 20세기 초의 '러시아 건신론(建神論)'[144]의 개념으로 이해해야 할 것입니다. 문제는 나에게 이와 같은 종교적 원동력이 존재함에도 불구하고, 러시아 아방가르드의 유토피아적 기획이 그 자체로, 종교적(정교적)으로 집성된 도그마와 법규에 대한 세속적인 반전이라는 점입니다. 전통적인 긍정 신학이 많은 사람들이 거주하고 있는 신의 왕국을 보았던 바로 그곳에서 부분적으로 부정 신학의 성격을 띠는 미래주의 미학은 그와 다른 세계의 모습을 발견했습니다. 즉 장시 〈제5인터내셔널Пятый Интернационал〉에서 내가 말했듯이, 새로운 세계가 물질적 형태가 아닌 끝없는 무한한 빛의 형태로 태어났을 때, 우리는 낡은 질서의 몰락과 공산주의 유토피아의 탄생을 보았던 것입니다.

그러나 이미 건설된 공산주의 사회가 새로운 유토피아 사회의 보루 역할을 하기 위해 구현된 텅 빔[空]이 아니라, 부유한 관리들의 부르주아-관료주의적 독재였다는 사실이 1920년대 후반에 들어서면서 밝혀졌습니다. 내가 인류의 유토피아적 미래에 대한 잃어버린 믿음을 찾고자 헤맸던 그곳에서 이제 유일하게 남아 있는 출구는 죽음과 그 뒤에 오는 장대한 불멸뿐이었습니다. 따라서 나는 나의 시학의 계속적인 논리적 발전으로서 죽음을 향해 걸어나갔던 것입니다. 잊지 말아야 할 것은 완성이 아닌, 이른바 발전이라는 점입니다. 무엇보다도 자살이 팽팽한 긴장감을 갖고 나의 미학적 · 형이상학적 · 종교적 시각의 본질에 다가감을 허용해주는 시적 진술을 의미하는 한에서 말입니다.

김성일_ 명확한 답을 주신다고 말씀하셨는데 좀 어렵네요. 말씀하신 것과 관련하여 몇 가지 의문이 생깁니다. 그렇다면 당신의 자살이 흔히들 말하는 것처럼 소비에트 사회 속에서의 점점 더 깊어가는 소외감과 불안 그리고 말년의 이루지 못한 사랑 등의 결과로 일어난 일이 아니라, 온몸으로 써 내려간 일종의 시적 행위였다는 뜻인가요? 그러나 릴리의 증언에 따르면 당신은 자살을 '만성적인 병'으로 생각했고, 자살 본능이라고까지 느낄 수 있을 정도로 자주 자살을 얘기했습니다. 또한 당신의 창작에서도 자살은 주요 모티브 중의 하나로 자리 잡고 있습니다. 당신의 시를 읽어보면, 당신은 '사랑, 여성, 예술, 혁명' 등을 일종의 놀이로 간주하면서, 마치 도박을 하듯 그 놀이를 즐깁니다. 당신은 그 내기의 판돈으로 당신의 삶을 걸었습니다. 내기에 진 당신에게 남은 것이라고는 결국 자살뿐이 아니었을까요?

마야콥스키_ 인생의 내기 도박에 져 자살을 선택했다, 그럴듯한 시적 표현이네요. 이유야 어떠했든 나의 자살은 일종의 시적 행위입니다. 기억하시겠지요? 도스토옙스키의 소설 《악령*Бесы*》의 등장인물 키릴로프 말입니다. 카뮈가 《시지프 신화*Le Mythe de Sisyphe*》에서 '부조리의 인간'으로 정의했던 사람이지요. 그는 신이 존재하지 않는다는 것을 증명하기 위해 스스로 인간 자유 의지의 최고 결정인 자살을 감행합니다. 나의 자살도 어떤 면에서는 그와 유사하다고 할 수 있습니다. 좀더 형이상학적으로 말해 나의 자살은 삶의 부조리에 대한 내 존재 전체를 건 거부였으며, 좀더 구체적으로는 소비에트 관료 체제의 심장을 향해 쏜 탄환이었다고 말할 수 있겠습니다. 예세닌에게 말해주었던 '삶을 사는 것이 훨씬 더 어렵다는 것'을 키릴로프처럼 자살을 통해 역설적으로 보여준 것이지요.

김성일_ 긴 시간 인터뷰에 응해주셔서 감사합니다. 마지막으로 한국 독자들에게 한 말씀 해주십시오.

마야콥스키_ 하고 싶은 얘기는 앞에서 거의 다 한 것 같습니다. 마지막으로 문학의 힘에 대해 한마디 덧붙이고 싶습니다. 디지털 기술 혁명의 시대인 오늘날, 흔히 혁명의 시대는 이미 지나갔다고 말합니다. 이제 계급 이데올로기가 아니라 기술이야말로 인류의 완전한 유토피아적 미래를 약속합니다. 문학은 쇠잔한 노인의 말소리처럼 점점 더 희미하게 들려올

뿐입니다. 그러나 과연 우리가 쌓아 올리는 과학 기술의 바벨탑이 닿게 될 곳은 어디일까요?

무수한 혁명을 겪었지만, 우리의 혁명은 아직 끝나지 않았습니다. 미완이었기 때문이 아니라, 영원히 지속되어야 하는 혁명의 숙명 때문입니다. 나의 유토피아는 숨 막히는 완전 사회에 대한 꿈이 아니며, 독일의 철학자 블로흐Ernst Bloch가 주장한 것처럼 "보다 나은 사회"를 향한 지향입니다. 여기 번역된 나의 시가 지금의 한국 독자들에게는 '언젠가 그 안에 담겨 있었을 진정성과 절실함은 휘발되어버리고 단지 우스꽝스러운 기표로만 남겨진' 시대착오적인 구호로 들릴지도 모릅니다. 그러나 나는 아직 믿고 있습니다. '그대 언 살이 터져 시가 빛날 때' 시도 문학도 새로운 힘과 사명을 얻게 될 것이라는 사실을! 감사합니다.

— 작가 연보 —

Владимир Маяковский

블라디미르 블라디미로비치 마야콥스키는 1893년 그루지야 쿠타이스 지방의 바그다디에서 태어났다. 아버지는 귀족 출신의 산림 감시원이었으며, 어머니는 러시아의 전형적인 평범한 여인이었다. 어린 시절을 그곳에서 보낸 마야콥스키는 1906년 부친이 사망한 후 가족과 함께 모스크바로 이주했다. 그가 혁명과 조우하게 된 계기는 소년 시절로 거슬러 올라간다. 모스크바에서 공부하고 있던 누이가 몇 편의 혁명시를 가져와 읽어주었는데, 이를 계기로 그는 당시 러시아 전역을 휩쓸고 있던 혁명에 관심을 갖게 되었다. 1908년 초 러시아 사회민주당 볼셰비키파에 가담한 그는 14세의 어린 나이에 모스크바 위원으로 선출되었다. 그는 선전선동 활동으로 세 번 체포되었는데, 1909년 7월 세 번째 체포되었을 때에는 6개월 동안이나 부트이르스키 형무소 독방에 감금되었다. 대부분의 위대한 러시아 작가들의 경우처럼 마야콥스키에게도 수

감 생활이 인생의 전환점이 되었다. 그는 감옥에서 고전을 탐독했고, 시 창작에 대한 욕구를 체험했으며, 정치 활동에 대한 심각한 회의에 빠졌다.

출소 후 마야콥스키는 정치를 포기하고, 직업 화가가 되기 위해 '모스크바 회화 · 조각 · 건축 학교'에 입학했다. 이곳에서 그는 자신에게 커다란 영향을 주게 될 다비드 부를류크를 만난다. 자서전 《나 자신*Я сам*》(1912)에서 마야콥스키는 그를 "진정한 나의 스승"이라고 밝히고 있다. 당시 부를류크는 아방가르드 화가로서 이미 명성을 날리고 있었으며, 라리오노프, 곤차로바, 엑스터 등과 같은 아방가르드 예술가들의 작품 전시회 개최에도 상당한 영향력을 행사하고 있었다. 마야콥스키는 '미래주의자'를 뜻하는 러시아어 고유명사 '미래인'을 기치로 내걸고 혁신적인 화가와 시인 그룹을 조직했으며, 첫 번째 미래주의자 모음집인 《판관의 덫*Садок судей*》(1910)을 출간했다. 이 그룹에는 유명한 러시아 미래주의자인 크루초니흐와 흘레브니코프 등이 참여했다. 그들은 〈대중의 취향에 따귀를 때려라〉라는 자신들의 선언문에서 미래주의자를 제외한 거의 모든 동시대인들뿐만 아니라 과거의 고전들마저 "현대라는 기선에서" 던져버리라고 주장함으로써 대중들의 이목을 집중시켰으며, 1913년 마야콥스키, 부를류크, 카멘스키, 흘레브니코프, 리브시츠, 세베랴닌 등을 주축으로 한 지방 순회를 통해 미래주의 그룹을 대중화하는 데 성공했다. 위 선언문과 같은 제목으로 출간된 시 · 산문집에 마야콥스키는 시 〈밤Ночь〉과 〈아침Утро〉을 최초로 발표했다.

1912년부터 1914년 사이에 출판된, 도시를 주제로 한 독창적이며 서정적인 그의 작품들은 러시아 미래주의의 한 단면을 잘 보여준다. 그의 첫 번째 시집은 1913년 '나 Я' 라는 제목으로 출간되었다. 얇은 석판 인쇄본인 이 시집에서 마야콥스키는 지옥과도 같은 도시에서 살고 있는 시인의 삶을 여러 각도에서 조명하면서, 시인 자신을 예수 그리스도의 현대적 패러디로 규정하고 있다. 마야콥스키의 두 번째 작품은 '블라디미르 마야콥스키' (1913)라는 제목의 운문 드라마였다. 이 작품은 미래주의의 세계 인식을 정확하게 형상화함으로써 크루초니흐의 〈태양에 대한 승리Победа над солнцем〉와 더불어 미래주의의 연극 무대를 대표하는 레퍼토리로 자리 잡았으며, 이 두 작품의 무대화를 계기로 미래주의 시인들은 아방가르드 미술가들과 밀접하게 협력하게 되었다. 〈블라디미르 마야콥스키〉는 또한 서정시인으로서의 마야콥스키의 초기 관심들을 잘 요약하고 있다. 노예로 전락한 도시인들, 온전한 모습은 어디서도 찾아볼 수 없는 불구의 도시인들로 인해 시인 마야콥스키——그 자신이 직접 이 배역을 맡았다——는 고통 받는 그리스도의 형상으로 관객들 앞에 제시된다. 이 드라마는 대체로 스캔들의 차원으로 받아들여졌지만, 일부 관객에게 마야콥스키에 대한 강렬한 이미지를 심어주었다.

그에게 시인으로서의 명성을 안겨준, 혁명기에 창작된 네 편의 장시는 그의 놀랄 만한 시적 성취를 보여준다. 〈바지를 입은 구름〉(1915)은 연인에게 버림받은 시인을 시적 화자로 내세워 절망의 틈새에서 피어난 혁명, 종교, 예술을 언급하고 있으며, 〈등골의 플루트〉(1915)는 앞선 작품과 유사하게 사랑의 광기와 고통을 다루고 있다. 〈전쟁과 세계Война и мир〉(1916)는 환상적인 이미지와 그로테스크한 언어로 1차 세계대전을 그린 작품으로서, "카인과 바둑을 두고 있는 그리스도"라는 문장을 통해 세계 평화에 대한 유토피아적 희망을 드러낸다. 마야콥스키의 혁명 이전 시기 대표작으로 평가되는 〈인간Человек〉(1917)은 실존으로서의 현실계, 이상향으로서의 하늘, 탐욕스러운 속물들이 여전히 주도하는 지구의 먼 미래라는 시공간의 삼각 구도를 통해 자아의 극한적 비극성을 그려내고 있다.

마야콥스키는 10월 혁명을 열렬히 환영했다. 그는 볼셰비키 인민교육위원회가 발행하는 잡지 《코뮌 예술*Искусство коммуны*》에 적극적으로 참여했으며, 아방가르드의 유산을 혁명 정부가 이용할 수 있도록 미래주의자 및 형식주의자들과 함께 《좌익 예술 전선*ЛЕФ*》을 창간하기도 했다. 당시 이 잡지에는 대부분의 입체미래주의자들과 파스테르나크, 바벨 같은 소설가, 형식주의 비평가 브릭, 토마솁스키, 트이냐노프, 에이헨바움, 영화감독 에이젠슈테인 및 여러 아방가르드 화가들이 참여했다. 1920년대에 마야콥스키는 선전선동 시의 창작과 낭송에 모든 힘을 쏟아붓는다. 그러나 예술적 탐구와 거리가 먼 이러한 작업 속에서도 언어의 장인으로서의 그의 천재성은 여전히 빛을 발했다. 혁명 이후 등장한 새로운 지식인들마저도 그의 정교한 형식과 다층적 언어 앞에서 당혹감을 느끼지 않을 수 없었다. 그럼에도 그의 시가 일반 대중에게까지 사랑을 받을 수 있었던 것은 그의 시가 강한 생명력을 지닌 마력의 언어로 가득 차 있기 때문이었다.

〈150000000〉(1919)은 영웅 서사시를 패러디하여 자본주의 세계의 챔피언인 윌슨과 대결하는 서사적 영웅 이반의 이야기를 그리고 있으며, 〈미스테리야 부프Мистерия-буфф〉(1918)는 신비극(미스테리야)과 저속한 코미디(부프)의 모티브를 작품 형식의 축으로 삼아 '불결한 사람' 인 프롤레타리아가 '정결한 사람' 인 부르주아를 정복하는 과정을 묘사하고 있다. 〈블라디미르 일리치 레닌〉(1924)은 레닌의 삶을 역사적 구원자의 신화로 발전시킨다. 10월 혁명 십주년을 맞아 쓴 〈좋아!Хорошо!〉(1927)는 표면적으로는 케렌스키 임시 정부 시기에서부터 소비에트 정부 정착 시기까지의 몇 년간을 '철저하게 사실을 바탕으로 기술' 한 정치 시다. 그러나 좀더 깊이 들어가보면 이것이 인간의 내밀한 본성을 섬세한 언어로 수놓은 시, 억압에 대항하는 정치 투쟁의 신화 시임을 알 수 있다.

선동가로서 마야콥스키는 시뿐만 아니라 포스터, 표어, 슬로건 등의 제작에도 뛰어난 재능을 보였다. 그는 '러시아 전보통신사의 창' 에서 일하며 시어를 통해 간결하게 표현된 수천 장의 풍자화, 표어, 짧은 노래 광고 등을 장인다운 솜씨로 제작했다.

1922년부터 삶을 마감할 때까지 그는 종종 해외 여행을 했다. 그래서 독일, 프랑스, 스페인, 체코, 폴란드 등지에 가보았으며, 각국의 좌파 문인들과 접촉하면서 여러 차례 강연 및 낭송 활동을 펼쳤다. 그중 특히 주목할 만한 것으로는 자본주의의 보루인 미국으로의 여행(1925)을 꼽을 수 있다. 그는 뉴욕에서 부를류크와 재회했고, 미국 각지를 돌며 많은 시 낭송과 강연을 했다. 이때의 인상을 토대로 〈대서양Атлантический океан〉을 비롯한 일련의 미국 관련 시들을 씀으로써 자본주의의 속물근성에 비판의 칼날을 들이댔다.

1920년대에 접어들면서 그의 이전의 서정시들은 다양한 정치적 주제를 함유한 여러 형태의 시들로 대체되었다. 그러나 강한 정치적 성향에도 불구하고 〈나는 사랑한다Люблю〉(1922), 〈이것에 대하여Про это〉(1923), 〈타티야나 야코블레바에게 보내는 편지Письмо Татьяне Яковлевой〉(1928), 〈사랑의 본질에 대해 파리에서 코스트로프 동무에게 보내는 편지Письмо товарищу Кострову из Парижа о сущности любви〉(1928), 그리고 그의 마지막 시 〈목청껏Во весь голос〉(1930) 등은 이전의 작품들에 비해 전혀 손색없는 문학성을 갖추고 있다.

시와 그림 외에 마야콥스키는 열세 편의 시나리오와 두 편의 희곡을 썼다. 시나리오의 경우 실제로 영화화된 작품은 몇 편에 불과하며, 아쉽게도 남아 있는 작품 역시 얼마 되지 않는다. 두 편의 희곡은 소비에트 관료주의와 속물근성을 풍자적으로 그린 〈빈대Клоп〉(1928)와 〈목욕탕Баня〉(1930)인데 브세볼로드 메이예르홀드의 손을 거쳐 모두 무대에 올려졌다.

마야콥스키의 시는 관습적인 속박에서 벗어나 자유로운 운율과 압운을 구사함으로써 독자들에게 신선한 충격을 주었다. 그의 시행을 분석하다보면 인습적인 행을 구(句)의 패턴으로 해체함으로써 시도한, 감추어졌으나 파괴되지 않은 세심하고도 복잡하게 구조화된 시적 전략을 발견하게 된다. 그의 가장 초기 시는 실제로 고전적 형식의 음절강세시 체계를 따르면서도 비일상적인 구문과 어법 그리고 파격적인 압운을 통해 새로움의 인상을 만들어내는데, 이러한 특징은 〈나〉(1912)라는 연작시에서 분명하게 드러난다. 마야콥스키는 고전적 작시법에 따라 행에 등장하는 강세 음절의 수(보통 한 행에 서너 개 정도다)를 준수한다. 그러나 강세 음절 사이에 오는 비강세 음절의 수를 다양하게 변화시켜 자신만의 시행을 만들어내면서 시적 강조를 위한 풍부한 가능성을 열어놓는다. 또한 압운은 마야콥스키 시의 구조에서 본질적이면서도 흥미로운 부분이다. 일반적으로 러시아 시에서 압운은 행과 연을 구분하는 경계로서의 기능을 하며, 고유하고 색다른 압운의 패턴은 시의 의미를 이끈다. 따라서 압운은 장중함과 엄밀성을 바탕으로 한다. 그러나 마야콥스키가 구사하는 압운은 마치 빈정거림, 서로 다른 소리 결, 익살스러운 소리처럼 청자의 귀를 두드려 표준적인 압운이 되기를 거부한다. 과장된 메타포는 마야콥스키 시의 또 다른 특징이다. “사랑과 함께 ‘불이 난’ 그의 심장이 그 앞에서 기고 있는 소방수와 함께 불타는 빌딩이 될 때”라는 시행에서 우리는 “불이 난 심장 = 불이 난 빌딩”이라는 등식을 설정할 수 있고, 따라서 은유는 또 다른 대상이나 세계의 매개체 역할을 하는 것이 아니라 독자들 앞에서 문자 그대로 현실화된다.

그의 시의 일반적인 구문 구조는 운율 혹은 압운을 강조하기 위해 변형되고, 서정시의 부드러운 어법은 거리의 거친 말로 교체된다. 이러한 변형과 교체는 선동적 요소를 포함하는 그의 시에서도 찾아볼 수 있다. 그러므로 선전선동 시라 할지라도 마야콥스키의 손을 거치면 단순한 의미 전달을 넘어 독특한 시 세계로 나아가는 것이다.

마야콥스키의 작품은 두 가지 모순되는 주제를 바탕으로 한다. 첫째는 형식과 가치를 속물적 안락함을 위해 소비하는 부르주아 세계로부터의 소외다. 이것은 그의 모든 초기 작품의 중심 테마이며 몇 편의 후기 서정시에서도 반복된다. 시인의 헌신적이고 일방적인 사랑은 속물적 세계와 삶 자체로부터 자신이 동떨어져 있음을 형상화하는 매개다. 시인의 학대받고 조각난 가슴——“불타는 듯한”, “넝마가 될 때까지 얻어맞은”, “기차에 치인”, “피로 물든 발”——의 이미지는 초기 장시에서 되풀이된다. 물론 이러한 이미지들은 당시 현실과 맞물리면서 혁명을 위한 핏빛 깃발의 상징으로 전이되기도 한다. 〈블라디미르 마야콥스키〉에서 볼 수 있듯이, 부르주아 세계의 생활 방식과 습관은 처절한 절망의 모습으로 삶의 무대 위에 등장한 시인을 추방해버린다. 시인의 이러한 현실로부터의 소외는 자살에의 욕망으로 이어지고, 자살의 테마는 초기 작품들뿐만 아니라 후기 작품들에서도 흔히 등장한다. 낯선 속물 세계의 한 부분을 이루며, 시인의 광적인 정열의 대상이 되는 여성은 항상 결혼 직전에 있거나(〈바지를 입은 구름〉), 이미 결혼해 법적 남편과 함께 침대 속에 있다(〈인간〉). 시인의 절망은 기독교의 신화적 천국, 그리고 사르트르가 "더러운 사람들"(속물)이라고 부른 "견실한 사람들"이 지배하는 미래의 행성, 이 두 가지를 한데 보여주는 시 〈인간〉에서 우주적 넓이로까지 확대된다.

두 번째 주제는 인간과 인간의 미래에 대한 양가적 태도다. 장시 〈전쟁과 세계〉, 〈이것에 대하여〉와 희곡 〈목욕탕〉, 〈빈대〉, 그리고 그의 마지막 시 〈목청껏〉에서 우리는 인간과 인간의 미래에 대한 낙천적인 시각과 비관적인 시각의 공존을 발견할 수 있다. 1920년대 마야콥스키의 선전선동적 작품은 어떤 점에서 보면, 시인 자신 또는 서정적 자아의 고독과 절망을 치유하기 위한 일종의 '직업적 치료 요법'이었다. 따라서 1920년대의 그의 몇몇 서정시들은 소외를 극복하고 동료들과 상호작용을 하기 위한 이러한 노력에 감동적인 목소리를 부여하고 있다. 〈말에 대한 우호적 관계Хорошее отношение к лошадям〉(1918)와 〈태양Солнце〉(1922)이 아마도 가장 훌륭한 예일 것이다. 하지만 그의 두 희곡 〈빈대〉와 〈목욕탕〉은 그의 오랜 적인 속물들에 의해 점점 지배당하는 혁명의 상태를 보여주고 있다.

신경제 정책 도입과 1924년의 레닌 사망 이후 새롭게 등장한, 소부르주아 및 해묵은 관료주의 등의 새로운 체제에 안주해가는 소비에트 사회 속에서, 당의 노선과 독자들의 기호 변화는 마야콥스키의 예술을 더욱더 고립시켰고 양자 사이의 균열은 더욱 심화되었다. 그의 위상도 혁명의 내부로부터 점점 더 밀려나게 되었다. 그는 이러한 상황을 만회해보고자 1927년《신 레프》(혹은《신 좌익 예술 전선》)를 창간해 '사실 문학'을 주장했지만, 이듬해 말 이 잡지는 폐간되고 만다. 고조되는 갈등 속에서 1929년에《혁명 예술 전선》을 창간하지만, 이 역시 외부에서 가해지는 비난과 압력, 그 자신의 내부에서 일고 있는 회의와 절망을 그치게 하지는 못했다. 이미 혁명의 대의가 변질된 소비에트 사회에 끝까지 적응해보려 했던 그의 일련의 시도는 허무한 몸짓으로 끝을 맺는다. 1930년 4월 14일, 마야콥스키는 혁명의 파토스로 가득했던 자신의 삶에 권총 자살로 종지부를 찍었다.

| 주 |

1) (옮긴이주) 토가는 고대 로마 시민들이 입었던 겉옷으로, 한쪽 어깨에서 반대쪽 허리께로 비스듬히 걸쳐서 착용했다.
2) (옮긴이주) 사라사는 무늬 염색을 한 명주의 일종이다. 포르투갈이 원산지다.
3) 코브노는 리투아니아에 있는 도시로, 지금은 카우나스라고 부른다.
4) 안넨스키(1855~1909)는 러시아의 데카당 시인이다.
5) (옮긴이주) 튜체프(1803~1873)는 존재의 모순에 대한 비극적 인식을 전하는 철학적 시를 주로 쓴 러시아의 서정시인이다.
6) (옮긴이주) 페트(1820~1892)는 자연과 인간 심리의 순간적 분위기를 잘 표현한 러시아의 서정시인이다.
7) (옮긴이주) 아르신은 옛 러시아의 척도 단위로 1아르신은 71.12센티미터다.
8) 《평범한 슬픔*Простое как мычание*》은 당시 출간된 마야콥스키 시선집이다.
9) (옮긴이주) "카이사르의 것은 카이사르에게——신의 것은 신에게." 이 유명한 성서 구절은 뒤에 나오는 시구와 대구를 이루며 다음과 같은 의미로 해석될 수 있다. '카이사르와 신의 것은 각각 그들에게 돌려주어라. 하지만 시인인 나, 마야콥스키에게는 도대체 무엇이 예비되어 있는가?'
10) (옮긴이주) 단테(1265~1321)는 이탈리아의 시인이자 문예 부흥의 선구자다. 불멸의 고전 《신곡*Divina Commedia*》을 썼다.
11) (옮긴이주) 페트라르카(1304~1374)는 이탈리아의 시인이자 인문학자다.
12) 골리앗은 구약 성서에 나오는 거인이다.
13) 쿠즈네츠키 거리는 모스크바의 중심 거리 중 하나다.

14) "앉아서 포스터나 그려라!" : 마야콥스키는 1919년 가을부터 〈러시아 전보통신사〉에서 선전선동용 포스터와 텍스트를 제작하기 시작했다.

15) (옮긴이주) 사모바르는 러시아어로 '자기 스스로 끓는 용기(容器)'를 뜻하며, 또한 러시아 가정에서 물을 끓이는 데 사용하는 주전자를 가리킨다.

16) (옮긴이주) 로스타РОСТА는 러시아 전보통신사Российское телеграфное агентство의 약어다.

17) (옮긴이주) 소비에트의 문장(紋章)인 낫과 망치를 의미한다.

18) (옮긴이주) 1905년 노동자 소비에트 기관지로 창간되었으며, 후에 구소련 최고 회의 간부회의 기관지가 되었다.

19) (옮긴이주) 브랑겔(1878~1928)은 10월 혁명 후 벌어진 내전 당시 러시아 남부 지역에서 백군을 지휘했던 장군이다.

20) 소비에트 인민계몽위원부 소속 중앙정치계몽위원회 연극 분과.

21) 소비에트 인민농업위원부 소속 중앙육마(育馬)관리국.

22) (옮긴이주) 코페이카는 러시아의 화폐단위다. 1/100루블에 해당하며, 현재는 쓰이지 않는다.

23) (옮긴이주) 러시아의 화폐단위로 현재도 사용되고 있다.

24) (옮긴이주) 네프주의자는 10월 혁명과 곧 이은 삼 년간의 내전을 거친 후 피폐해진 경제를 활성화하기 위해 부분적으로 자본주의적 요소를 도입한 네프(신경제 정책, 1921~1926) 시기의 소비에트 관료를 말한다.

25) 신(新)바빌로니아 제국의 제2대 왕 네부카드네자르 2세(기원전 604~562 재위)를 말한다. 느부갓네살 2세라고도 한다. 이스라엘의 바빌론 유수(幽囚)와 전설상의 바벨탑 건설 등이 그와 관련 있다.

26) "오렌지색 턱수염에/ 시퍼런 얼굴을 한——/ 설탕산업협동조합을."
이것은 마야콥스키가 1924년에 모스크바 트베르스코이 대로의 푸시킨 동상 근처에 눈에 띄게 걸려 있었던 설탕산업협동조합의 거대한 포스터를 염두에 둔 것으로, 당시 설탕산업협동조합의 상징은 밝은 빛이 비쳐 나오는 오렌지색이 섞인 푸른색의 각설탕이었다.

27) "바로 지금/ 이 아침에 내가 오늘 당신을 만날 수 있으리라는/ 확신이 필요합니다." 푸시킨의《예브게니 오네긴*Евгений Онегин*》(1823~1830) 제8장에 나오는 시구다.

28) 나드손(1862~1887)은 염세주의적 경향의 시를 쓴 러시아의 시인이다.

29) 도로고이첸코, 게라시모프, 키릴로프, 로도프는 마야콥스키와 동시대의 시인들이다.

30) (옮긴이주) 예세닌(1895~1925)은 러시아 농촌의 목가적 풍경을 노래한 농촌 시인이다.

31) (옮긴이주) 발랄라이카는 러시아의 민속 악기다.

32) (옮긴이주) 베지멘스키(1898~1973)는 사회주의 경향의 시를 쓴 소비에트 시인이다.

33) (옮긴이주) 아세예프(1889~1963)는 마야콥스키의 시 스타일을 추종한 시인이다.

34) (옮긴이주) 콜카는 니콜라이를 친근하게 부르는 이름이다.

35)《레프*LEF*》(좌익 예술 전선)는 1923년부터 1925년까지 마야콥스키의 편집하에 발간된 잡지다.

36) (옮긴이주) 폴타바 전투는 표트르 대제(1672~1725)가 이끄는 러시아군과 스웨덴군 사이에 벌어진 전투로, 푸시킨은 이 전투를 자신의 시 〈폴타바Полтава〉(1828)에서 묘사한다.

37) (옮긴이주) 플류시킨은 고골의 장편 소설《죽은 혼*Мёртвые души*》(1842)에 나오는 유명한 구두쇠다.

38) (옮긴이주) 데르자빈(1743~1816)은 러시아의 시인이다.

39) 단테스는 조르주 샤를 게케렌 남작(1812~1895)으로도 불린다. 1830년 부르주아 혁명 이후 러시아로 도망친 프랑스 왕정주의자로, 푸시킨을 결투에서 살해했다.

40) "명예의 노예"는 레르몬토프의 시 〈시인의 죽음Смерть поэта〉(1837) 첫 행에 나오는 구절이다.

41) (옮긴이주) 타마라는 많은 전설과 문학 예술 작품 속에 그려진 그루지야의 여왕이다.

42) (옮긴이주) 테레크는 그루지야 북부의 카프카스에 있는 강 이름이다.

43) (옮긴이주) 루나차르스키(1875~1933)는 혁명가, 문학 평론가이며, 소비에트 초대 인민교육위원을 지냈으며, 소비에트 문화 예술 발전에 지대한 공헌을 했다.

44) (옮긴이주) 보르좀은 카프카스에 위치한 요양지다. 광천수로 유명하다.

45) 코간(1872~1932)은 문학사, 비평가이며 국립 예술과학 아카데미 원장을 지냈다.

46) (옮긴이주) 《붉은 처녀지*Красная новь*》(1921~1942)는 당시의 유명한 문학 예술 및 사회정치 잡지다.

47) "레르몬토프라는 사람이/ 말해주었지요." 여기서 타마라는 레르몬토프의 시 〈악마Демон〉(1829~1842)의 주요 등장인물 중 한 사람이다.

48) "이렇게 정정하는 것으로 인해 난폭해진/ 파스테르나크 자신이/ 이것에 관해/ 쓰도록 내버려두시오." 〈악마의 기억Памяти Демона〉이라는 시로 시작되는, 레르몬토프에게 바친 파스테르나크의 시집 《누이, 나의 삶*Сестра моя-жизнь*》(1922)을 말한다.

49) 에리오(1872~1957)는 저명한 프랑스 정치가다. 1924년에 프랑스 정부를 통치했다.

50) '동반자 작가'를 의미한다. 트로츠키(1879~1940)가 자신의 책 《문학과 혁명*Литература и революция*》(1923)에서 사용한 호칭에서 유래한 말로서, 10월 혁명을 받아들였지만 프롤레타리아의 이데올로기적 입장을 견지하지는 않았던, 1920년대의 비프롤레타

리아 계급 출신 작가들을 일컫는다.

51) 파리의 방돔 광장에 있는 나폴레옹 1세 기념비.

52) 신화에 따르면 레무스와 로물루스는 로마를 건설한 쌍둥이 형제다.

53) (옮긴이주) 체카는 반혁명-사보타주 및 투기 단속 비상위원회(1918~1922)를 가리킨다.

54) (옮긴이주) 네크라소프(1821~1877)는 시인이다. 대표작으로는 유명한 장시 〈러시아에서는 누가 살기 좋은가Кому на Руси жить хорошо〉(1866~1876) 등이 있다.

55) 아가피야 티호노브나는 고골의 희극 〈결혼Женитьба〉(1842)에 나오는 시집갈 나이가 된 상인의 딸이다.

56) 쿨리지(1872~1933)는 미국 대통령(1923~1929)으로 소련에 대해 적대적인 입장을 취했다.

57) (옮긴이주) 톨스토이Tolstóy와 뚱뚱보tólsty라는 유사한 철자의 두 어휘를 통해 마야콥스키는 언어유희를 보여주고 있다.

58) 스테클로프(1873~1941)는 〈중앙 집행위원회 소식지Известия ЦИК〉의 초대 편집자다. 마야콥스키가 '스테클로프 스타일'이라고 부른 극히 장문의 논문을 정기적으로 기고했다.

59) 데미얀 베드니(1883~1945)는 소비에트 프롤레타리아 문학 경향의 유명한 시인이다.

60) "본질적으로 말해서,/ 새들은 어디로 갔나?" : 릴리 브릭에 의하면 1923년 한때 마야콥스키는 새에 심취해 각양각색의 새를 대량 구입했다. 그러나 이내 싫증이 나서 새들을 모두 날려 보냈다. 언젠가 오십 브릭의 아버지가 방문했다가 이 사실을 알고 마야콥스키에게 던진 질문이 바로 이것이다. 그 후 마침내 이 의미심장한 구절은 이 시에서 자리를 찾게 되었다.

61) (옮긴이주) 아조레스 제도는 대서양에 위치한 포르투갈령의 섬들이다.

62) 하바나는 쿠바 공화국의 수도다.

63) 베다도는 하바나 교외에 있는 부유층이 사는 지역이다.

64) 콜라리오는 하바나에서 피는 꽃이다.

65) 거대 담배 기업의 이름이다.

66) 프라도는 하바나의 주요 거리다.

67) 마세오(1845~1896)는 쿠바 독립을 위해 싸운 민중 투쟁의 지도자 중 한 사람이다.

68) (옮긴이주) 코민테른은 제3인터내셔널의 약칭이다. 정식 명칭은 공산주의 인터내셔널. 러시아 10월 혁명을 승리로 이끈 레닌이 이 혁명을 세계 혁명으로 확대 · 발전시켜나가기 위해 1919년에 창립했다. 이후 전 세계에 공산주의 정당과 사상을 보급했다.

69) "전쟁 전의 규준보다"는 '1차 세계대전 발발 바로 전해인 1913년 수준보다'를 뜻한다.

70) 아브라우는 샴페인 상표다.

71) 네테(1896~1926)는 소비에트 외교 밀사로, 1926년 2월 베를린으로 외교 행랑을 전달하러 가던 중에 기차가 라트비아를 지나갈 때 외국 첩보 요원의 공격을 받자 외교 행랑을 방어하다가 영웅적인 죽음을 맞았다. 그 후 흑해 무역 선단의 배에 네테의 이름이 붙여졌다.

72) "용해되어버린 여름처럼/ 빛나는/ 항구를 향해" : 1926년 6월 28일 오데사 항구에서 마야콥스키와 '테오도르 네테' 호와의 만남이 이루어졌다.

73) 로만 야콥슨(1896~1982)은 러시아 태생의 미국 언어학자다. 마야콥스키를 네테에게 소개해주었다.

74) "마치 마지막 전투에서/ 불멸의 영웅의 흔적을/ 핏빛으로 비추면서"는 네테의 죽음을 은유적으로 표현한 것이다.

75) (옮긴이주) 상팀은 프랑스의 화폐단위로 1/100프랑이다.

76) (옮긴이주) "죽은 자는 수치심을 견디지 못한다."《러시아 원초 연대기 *Повесть временных лет*》에 따르면, 970년 그리스인과

의 전투를 앞두고 공후 스뱌토슬라프(?~972)가 이 말을 했다.

77) 마야콥스키와 가까웠던 연인 릴리 브릭(1891~1978)을 말한다.

78) 제1부 초반부의 악보는 당시 유명했던 아르헨티나 탱고 악보다.

79) (옮긴이주) 철학자 칸트를 말한다.

80) 기독교의 성자 게오르기 포베도노세쯔를 가리킨다. 그는 군인의 용감함의 화신이며, 일반적으로 말 위에 앉아 창으로 용을 찌르고 있는 모습으로 그려진다.

81) 조프르(1852~1931)는 1차 세계대전 때의 프랑스 육군 총사령관이다. 그가 이끄는 군대가 1914년 마른 강에서 파리로 진격하는 독일군을 무찔렀다.

82) 프랑스에 있는 강의 이름으로, 1914년 이곳에서 격전이 벌어졌다.

83) 페구(1889~1915)는 1915년 독일군과의 공중전에서 전사한 프랑스 조종사다.

84) 바간코보는 모스크바에 있는 공동묘지다.

85) (옮긴이주) 사바오프는 기독교의 신 여호와의 또 다른 성서적 명칭이다.

86) 탈리오니는 이탈리아의 유명한 발레리나로 1820~1840년대에 활동했다.

87) (옮긴이주) 스페인의 세비야 대성당을 말한다.

88) (옮긴이주) 나사로는 신약 성서에서 예수가 되살린 죽은 자의 이름이다.

89) 마리네티(1876~1944)는 이탈리아 미래주의의 선구자다.

90) "첫사랑처럼 러시아의 가슴은 너를 잊지 못할 것이다"(1837년 1월 29일)라는 푸시킨에 관한 튜체프의 시 한 구절을 염두에 두고 썼다.

91) (옮긴이주) 발몬트(1867~1943)는 20세기 초 십 년 동안 러시아에서 엄청난 인기를 누렸던 상징주의 시인이다. 10월 혁명 후 파리로 망명하여 그곳에서 생을 마감했다.

92) (옮긴이주) 브류소프(1873~1924)는 시인, 학자, 상징주의 운동의

지도자다. 《러시아 사상*Русская мысль*》의 문학 편집인이었고, 10월 혁명 후 소비에트 정권을 받아들였다.

93) (옮긴이주) 레오니드 안드레예프(1871~1919)는 단편 소설 및 희곡 작가다. 초기에는 리얼리즘 성격의 작품으로 시작했으나, 후기에는 형이상적 · 상징주의적 경향에 관심을 기울였다.

94) (옮긴이주) 막심 고리키(1868~1936, 본명은 알렉세이 페시코프)는 대표적인 소비에트 작가로 최초의 사회주의 리얼리즘 소설 《어머니*Мать*》를 썼으며, 훗날 소비에트 작가 동맹 의장을 지냈다.

95) (옮긴이주) 쿠프린(1870~1938)은 러시아 소설가로 10월 혁명 후 망명했다가 훗날 되돌아왔다.

96) (옮긴이주) 블로크(1880~1921)는 가장 대표적이고 유명한 상징주의 시인이다. 그의 초기 시는 블라디미르 솔로비요프의 이상주의 철학의 매혹을 반영하지만, 후기 시는 애국적이고 민족적인 주제에의 관심을 보여준다.

97) (옮긴이주) 솔로구프(1863~1927, 본명은 표도르 테테그니코프)는 러시아 상징주의의 첫 번째 시기에 속하는 데카당 시인으로, 소설 《작은 악마*Мелкий бес*》(1907)로 오랫동안 명성이 높았다.

98) (옮긴이주) 레미조프(1877~1957)는 매우 뛰어난 다작의 산문 작가다. 고골과 도스토옙스키의 전통을 이어받은 독창적인 문장가다.

99) (옮긴이주) 아베르첸코(1881~1925)는 인기 있는 유머 작가다.

100) (옮긴이주) 초르니(1880~1932, 본명은 알렉산드르 글릭베르그)는 풍자 소설 및 단편 소설 작가다. 아동 문학으로도 유명하다.

101) (옮긴이주) 쿠즈민(1875~1936)은 최초의 후기 상징주의 시인으로 스타일의 명료성을 주장했다.

102) (옮긴이주) 부닌(1870~1953)은 러시아 사실주의 경향의 작가로 1933년 러시아 최초로 노벨 문학상을 수상했다.

103) (옮긴이주) 다비드 부를류크(1882~1967)는 시인, 예술가다. 러시아 미래주의 선구자 중의 한 사람이다.

104) (옮긴이주) 알렉산드르 크루초니흐(1886~1968)는 시인, 미래주의 이론가다(알렉산드르는 필명이며, 본명은 알렉세이다).

105) (옮긴이주) 빅토르 흘레브니코프(1885~1922, 필명으로는 주로 벨리미르 흘레브니코프를 사용)는 시인이다. 미래주의 경향의 실험적 시를 썼다.

106) "메트첼과 코" : 당시 페테르부르크에 있던 광고 회사. 이 부분은 에고 미래주의자들의 지도자인 이반 이그나티예프에 대한 풍자적인 암시다.

107) (옮긴이주) 이 제5원칙은 주로 알렉산드르 크루초니흐의 석판 인쇄물을 언급하는 것으로서 이 텍스트는 손으로 씌어 석판 인쇄로 복사되었다. 크루초니흐는 그 같은 팸플릿 수백 권을 출판했으며, 그중 몇 가지는 벨리미르 흘레브니코프와 공동으로 작업했다.

108) 작가 및 예술가가 손으로 쓴 텍스트를 석판 인쇄술을 통해 출판한 미래주의자들의 책에 관한 언급이다. 마야콥스키의 첫 번째 책인 선집 《나 *Я*》(1913년 봄) 역시 이렇게 출판되었다.

109) (옮긴이주) 옐레나 구로(1877~1913)는 미래주의 여성 시인이자 소설가다.

110) (옮긴이주) 니콜라이 부를류크(1890~1920)는 시인, 비평가다. 많은 미래주의 선집에 참여했다. 다비드 부를류크의 동생이다.

111) (옮긴이주) 예카테리나 니젠은 옐레나 구로의 언니다.

112) (옮긴이주) 베네딕트 리브시츠(1887~1938)는 미래주의 시인, 번역가다.

113) 이고리 세베랴닌의 시 모음집(1913) 제목이다.

114) (옮긴이주) 당시 러시아에서는 탱고가 최신 유행이었다. 따라서 많은 사람들이 탱고를 미래파와 연결시키는 경향이 있었다. 그러나 이탈리아 미래파는 다른 견해를 가지고 있었다. 마리네티는 탱고를 부르주아 및 데카당 현상으로 특징지었다.

115) (옮긴이주) 추콥스키(1882~1969)는 유명한 비평가, 번역가, 아

동 문학가다. 휘트먼의 작품을 번역했으며, 그를 최초의 진정한 미래주의자로 선언했다.

116) 추콥스키가 1913년 가을에 페테르부르크와 모스크바, 키예프에서 강연했던 《미래의 예술(러시아 미래주의자)》을 염두에 두고 씀.

117) (옮긴이주) 세베랴닌(1887~1941, 본명은 이고리 로타료프)은 러시아 미래주의의 일파인 자아 미래주의의 대표 시인이다. 도시 살롱의 모티브를 이상화했고, 1918년부터 에스토니아에 거주했다.

118) 세베랴닌의 《우렁차게 끓는 입방체》에 Ф. 솔로구프가 서문을 붙인 것에 대한 언급이다.

119) (옮긴이주) 바샤 바실리 브류소프. 선언문의 저자들은 고대 로마적 함축 때문에 고상하게 들리는, 브류소프의 원래 이름인 발레리를 평범하고 러시아적인 바실리로 바꾸었다.

120) (옮긴이주) 1880~1918년에 매월 발행되었던 문학 · 학술 · 정치적 성격의 잡지다.

121) 브류소프의 《러시아 시의 새로운 경향. 미래주의자》(잡지 《러시아 사상》, M. 1913, #3)를 언급하는 것으로서, 브류소프를 멸시할 목적으로 그의 이름을 발레리가 아닌 바실리로 잘못 표기했다. 그 다음 문장 "그만 해라, 바샤, 그것은 코르크 마개가 아니다!……"는 브류소프의 아버지가 하던 코르크 마개 장사를 암시한다.

122) 미래주의자 그룹들의 출판사(쉐르쉐네비치, 이브네프, 라브레네프 등).

123) 에고 미래주의자 그룹들의 출판사(이그나티예프, 그네도프, 쉬로코프 등).

124) 아크메이스트들을 의미한다. 아크메이즘(또는 아다미즘)은 구밀료프의 강령적 논문 〈상징주의의 유산과 아크메이즘〉과 고로데츠키의 〈동시대 러시아 시의 몇 가지 경향〉(《아폴론 *Аполлон*》, СПб., 1913, No.1) 속에서 선언되었다.

125) (옮긴이주) 구밀료프(1886~1921)는 아크메이즘 시인, 비평가로

'시인 조합'을 창립했고 반볼셰비키 혁명 운동을 하다 총살당했다.

126) (옮긴이주) 마콥스키(1877~1962)는 시인, 비평가로 상징주의 및 아크메이즘 경향의 잡지인 《아폴론》의 편집자다.

127) (옮긴이주) 고로데츠키(1884~1967)는 아크메이즘 시인이다.

128) (옮긴이주) 퍄스트(1886~1941, 본명은 블라디미르 페스톱스키)는 아크메이즘 시인이다.

129) (옮긴이주) 아크메이즘과 아폴로니즘은 1910년대 러시아 시의 한 흐름이다. 상징주의의 신비적 이상 추구와 모호한 이미지 사용에 반대하고 말의 명확한 의미를 추구했다.

130) 고로데츠키의 시와 구밀료프의 시에 나타난 아프리카 이국풍에 대한 반대 경향을 의미한다.

131) 이 선언문은 입체 미래주의자(마야콥스키, 부를류크)와 세베랴닌이 함께 무대에 섰던 짧은 시간과 관련된다. 하지만 이미 1914년 1월에 세베랴닌과 마야콥스키의 관계는 단절되었다. 마야콥스키의 시와 논문들 속에서 세베랴닌에 대한 언급은 언제나 아이러니하고 부정적인 특징을 띤다.

132) 야블로놉스키(1870~1934)는 신문 〈러시아 말〉에 기고했던 문예 작가다.

133) (옮긴이주) '비평'이라는 뜻이다.

134) 세베랴닌의 시 〈고향집으로부터의 편지Письмо из усадьбы〉의 한 구절이다.

135) 크루초니흐의 제목 없는 초이성적 시의 첫 구절이다.

136) (옮긴이주) 바빌라라는 이름은 평민 혈통의 사람을 암시한다. 반대로 예브게니라는 이름은 러시아 문학에서 전통적으로 귀족을 나타낸다.

137) (옮긴이주) 아푸흐틴(1840~1893)은 슬프고 고통스러운 향수와 퇴폐의 염세적인 시로 유명한 시인이다. 그의 절친한 친구 중의 한

사람인 차이콥스키가 그의 몇몇 시에 곡을 붙였다.

138) (옮긴이주) 로마 신화의 군신(軍神)이다.

139) (옮긴이주) 아이헨발드(1872~1928)는 표현주의적 비평 방법을 사용한 문학 비평가다.

140) (옮긴이주) 레핀(1844~1930)은 러시아의 유명한 사실주의 화가다.

141) 사모키스(1860~1944)는 러시아 사실주의 화가로 내전 기간(1918~1920) 동안 적군(赤軍)의 영웅적 행위에 관한 그림을 많이 그렸다.

142) 상트페테르부르크는 1914년 페트로그라드라는 명칭으로 바뀌었고, 1924년 레닌이 죽자 그를 기려 레닌그라드로 불리다가 1991년부터 다시 상트페테르부르크라는 이름을 되찾았다. 독일어 어원의 '부르크burg' 라는 단어는 독일과의 전쟁 선언 이후 '그라드grad' 라는 슬라브어로 대체되었다.

143) (옮긴이주) 〈150000000〉은 자본주의와 사회주의의 대결을 의인화한 작품으로 각 진영은 미국의 대통령 우드로 윌슨과 일억 오천만의 러시아인을 대표하는 영웅 이반을 통해 구현된다. 독특한 운문 구조와 영웅 서사시적 톤의 사용은 이 시를 단순한 알레고리의 차원이 아닌 신화 수준으로까지 끌어올린다.

144) (옮긴이주) 러시아 건신론은 20세기 초에 발생한 철학적 경향으로서 과학적 사회주의와 종교를 결합시키려는 시도였다. 신이 없는 '프롤레타리아 종교' 를 세우고자 했지만, 후에 레닌의 날카로운 비판을 받았다. 루나차르스키, 고리키 등이 참여했다.